U0041701

# 從這房間永遠看不見東京鉄塔

麻布競馬場 著

王華懋 譯

# 目次

致三年四班

三年四班的同學，恭喜你們畢業了。最後老師有幾句話要跟大家說。老師要告訴大家的，是老師淒慘到家的人生。過去的我，拋棄除了大型連鎖店和閉塞感之外，一無所有的國道旁的這個地方，去了東京，從早稻田大學的教育系畢業後進入廠商，在派駐的偏鄉工廠得了憂鬱症，又逃之夭夭地回到過去棄如敝屣的這個地方。

小時候老師家裡開的車子，總是播放著披頭四的音樂。是老師的母親在住家附近現在已經倒閉的蔦屋書店租來的專輯ＣＤ。老師的母親也不是喜歡披頭四，只是模糊地希望它能發揮Speed Learning[1]那樣的效果，讓小孩聽著聽著，就能像石川遼那樣，說得一口溜英語。

老師的父親是當地私立大學畢業，在當地瓦斯公司分行上班。母親是當地私立高中畢業，和我父親在同一家公司上班。我想我的祖父母、外祖父母也都差不多。總之，兩人在職場認識、結婚，生下了老師。這地方沒什麼像樣的娛樂，也沒有知性休閒活動。我父親最喜歡看的是漫畫週刊《Big Comic Spirits》，我媽最喜歡讀的是少女漫畫雜誌《瑪格麗特》。

大概是老師小學四年級的時候吧，公司宿舍隔壁戶高橋家的兒子考上法政大學的消息傳到我家。這是我們第一次意識到「東京」這個從來不存在這個地方的選項。老師的爸媽，更重要的是老師自己，原本都相信我最多就是考進岡山大學，畢業後在當地銀行上班。

養兒育女是一件非常辛苦的事。它就像質量守恆定律，父母能給予孩子的，就只有自己擁有過的東西。我的外祖父母只給了我母親少女漫畫，她完全不知道要怎麼做才能讓小孩進入東京的大學。母親退而求其次之下的選擇，就

1 Speed Learning：是日本過去知名的英語會話教材課程，以職業高爾夫球選手石川遼為代言人。

是披頭四的ＣＤ。

可能是披頭四的效果，老師的成績順利進步，從家附近的公立國小、國中，考上了當地第一名校的高中。老師也開始補習了。是站前的東進衛星補習班。老師在這個鄉下地方，日復一日觀看似乎是在東京錄製的授課ＤＶＤ，就宛如渴望擺在櫥窗深處的小喇叭的小朋友。

老師的第一志願是早稻田法律系，但沒有考上，進了唯一考上的教育系。老師住在下落合河邊一間有廚房的小套房，衛浴極小。老師加入網球社，每天和朋友在居酒屋「吆喝」或「達磨」喝到吐，在車站圓環喧鬧或是睡倒，穿graniph和BEAMS的潮T——老師自以為已經成了東京人。

成人式的時候，返鄉一看，老師震驚不已。這地方已經沒有我的容身之處，我也不想待在這種鬼地方。那些小混混依然是小混混，招搖過市，隨便找間附近大學考進去的老同學，把久違不見的我帶去站前麥當勞，不停地聊《怪盜Royale》什麼的電視劇話題。

這地方的人生，沒有上升，也沒有下降。就宛如它低矮又灰撲撲的街道平坦的稜線。不知不覺間出生、不知不覺間從大學畢業、不知不覺間找到工作，不知不覺間結婚、不知不覺間生下孩子、不知不覺間買房子——這裡的人在不知不覺間過完一生，就彷彿動物園裡的猴子，早已放棄逃離。看在當時的老師眼裡，就是這副德性。

老師相信，自己與他們不同。老師相信，我是憑一己之力，扯斷了代代延續的怠惰與無能的鎖鏈，是全家族裡第一個踏上東京的人，並且會在東京獲得成功，再也不會回到這裡。老師搭上回程的新幹線，從東京車站的月台看到丸之內井然有序的街景時，是這樣的感受。

老師心想既然讀了教育系，便考了教師資格，畢業後進入廠商工作。是總公司在丸之內的一流廠商。老師穿著在「麻布 Tailor」訂做的黑西裝，在仲通大道昂首闊步。參加入社典禮的那個春日，天空一片陰沉，在新宿伊勢丹買的全新英國皮鞋不曉得在哪裡踢到了，磨出小刮痕。老師在仲通大道昂首闊步，相信自己的未來，就如同這條美麗的街道。

研習結束後，老師申請總公司的國際市場部門的職位，卻被分派到偏鄉的工廠做總務人事。爛透了。人生地不熟的那個北陸城鎮，和這裡相似得令人毛骨悚然。永旺購物中心、唐吉訶德。小鋼珠、風月場所。感覺漫漫無盡、永無出路的灰色國道十八號。

從東京來的，就只有老師和另外兩個人，其他全是當地人。他們察覺這個年紀最輕，而且雖然裝出一副東京人嘴臉，但其實也是來自其他鄉下的早稻田畢業生瞧不起這處鄉下小鎮。老師婉拒甜到不是人喝的罐裝咖啡，只喝自己在家沖好、清澄白河咖啡館的特調咖啡。

老師並非遇上了什麼職場霸凌。但是被眾人排擠，沒有人要跟我說話，這件事漸漸地磨耗了我的心。下班時間一到，老師就逃也似地離開職場，漫無目地開著Vitz，在車子裡衝動大吼大叫。是沒有人聽得見的吶喊。

某天早上，全體員工在工廠做廣播體操時，老師吐了。來自破舊音箱的朝氣十足的廣播體操音樂。宣告地獄般的偏鄉工廠一天業務開始的音樂。老師彎下身，再也站不起來，看著那天在仲通大道上闊步、每個週末都擦得澄亮的英國皮鞋被嘔吐物淹沒，心想：我撐不下去了。

老師休息了一陣，但還是沒有恢復過來，被調回了東京，掛名在總公司人事部。久違的丸之內。我坐在仲通大道戶外座喝咖啡，座位後方的玻璃倒映出我的身影。在無事可做的偏鄉借酒澆愁、變得肥胖臃腫的那身影，感覺玷污了這座美麗的城市。

在總公司，每個人都對老師避之唯恐不及。只喝狐狸咖啡，拒喝罐裝咖啡、在辦公室播放Nujabes的爵士樂等等，這些事蹟似乎都傳回總公司了。老師討厭的同期在國際市場部門大放異彩，登上了應屆畢業生招募宣傳手冊。

結果幾個月後，老師辭掉了工作。你們知道，老師在背地裡被取了什麼綽號嗎？「時髦鬼」。被派遣員工大嬸們嘲笑「連會計科目都不會設定」，卻穿著時髦開襟衫、用時髦馬克杯喝咖啡，就是這樣一個怠惰無能之徒。

老師進入唯一錄取我的新創企業，嘗試會計業務，但在那裡也因「表現未達要求」，沒有通過試用期。問題不光是表現達不到要求而已，老師在人際方面問題多端，被其他員工討厭，甚至所有人組了個沒有我的LINE群組。

出生在東京的人，毫不費力就能活在東京。而老師認定自己依靠個人的努力與能力，在難易度截然不同的人生中脫穎而出，並憑著一己之力去到了東京。對老師而言，東京是個特別的地方，能夠證明我特別的價值。

然後，老師從東京摔下來了。老師根本沒有什麼特別的價值，只是目空一切，卻不力爭上游，讓自己夠格目空一切，那淺薄的自信兩三下就被掀翻，輪到自己趴在地上，任人嘲笑踐踏。只留下以這樣的輪迴構成的淒慘人生。

老師回到了這裡。在父母住的大樓附近租了間小公寓，買了台藍色的豐田AQUA，穿著UNIQLO，喝著罐裝咖啡過日子。老師參加了教師考試，三年前來到這所高中當老師。

老師今年三十歲了。老師的人生空空如也。不，我要訂正。老師因為自己糟糕的個性、糟糕的腦袋，以及各種糟糕的缺點，自做自受，沒能在人生這輛車子的行李箱裡留下任何收獲。車子拚命地開，裡頭的東西不停地掉，結果什麼都沒留下來。

前面老師提到質量守恆定律。老師這段空虛的人生裡，到底得到了什麼？假設我曾經得到過什麼，那些還在我的手中嗎？這樣的我，又有權利高高在上地教導各位、給予各位嗎？老師總是為此苦惱萬分，又在車子裡大吼大叫。

但即使如此，不管是老師還是大家，還是只能拚命活下去。每個人都有缺點，也會因為這些缺點，傷害別人，又反過來被傷害吧。老師就是這樣。老師總是想著「我是早稻田畢業的、我是東京來的」，瞧不起別人，惹人討厭。但老師還是只能繼續活下去。

不幸總是握著棍棒，潛伏在人生的各個角落、各個街角，準備痛毆大家。而被不幸痛毆時，大多數的情況都是自作孽不可活。居然被自己招來的不幸毆打成傷！有時可能會無法承受這個事實，想要一了百了，但我們還是只能繼續走下去。

就像去到東京的老師遭遇了不幸，那些留在故鄉、在站前麥當勞邊嚼果汁裡的冰塊邊聊《怪盜Royale》的同學們或許也自有其不幸。搞不好連那些穿垮褲的小混混也是。搞不好你們自己也是。每個人都有自己才看得到的地獄。

請成為一個能想像他人不幸的人。老師沒資格說這種話。因為老師就是做不到，是個混帳東西，才會自以為只有自己吃過苦、有權利瞧不起別人。不過，老師還是想要告訴大家這些。就像老師的母親以她的做法為我的未來設想，讓小時候的我聽披頭四那樣。

每個人都經歷著自己的苦。請不要尋死。想想和自己一樣正在痛苦的人，放披頭四給他們聽。我的母親活在父親的威壓之中。我的父親經常嘲笑她，說妳只有高中學歷，懂什麼教育，但她還是在車子裡播放披頭四。

請不要害怕為他人好。不要貶低自己，覺得自己不夠格。即使是年收好幾千萬、開法拉利、看上去尊爵不凡的人，也一定有他自己地獄般的苦楚。所以才會擺出強悍的樣子。即使是對這種人，也不要畏懼，要溫柔相待。當然，對那些顯然困苦的人也是。

大家齊力活下去吧！不要尋死，也不要讓別人走上絕路。在痛苦之中，更要想像他人的苦，彼此扶持。老師往後也會努力去做到。老師的話說完了。恭喜大家畢業。

# 三十歲還單身的話，就結婚吧！

「如果我們三十歲了都還單身，就結婚吧！（笑）」他在三田的櫻花水產、稀鬆平常的酒局裡說的話，就像一時腦衝刺下的刺青，說來丟人，到現在依然烙印在我的心裡。今天我正前往他、他太太，還有兩個三歲女兒的新家所在的流山大鷹之森。

我自小就沒有異性緣，但這件事並不特別讓我感到自卑。父親東大畢業，母親是專職主婦，熱心教育，我自己從國中就進了女子學院，常見的背景。女校有種奇妙的風氣，認為用有沒有異性緣來形塑價值觀很遜，看到在補習班交男友的女生，我打從心底瞧不起。

第一志願的東大差四分落榜了，但我也不怎麼煩惱，進了當成保險填上的慶應法學院政治系。裡面也有許多女校的同學，所以並不覺得寂寞。這是我從小學以後第一次和男生同校，入學典禮那天，走出日吉站，看見擠在斑馬線前面的西裝男學生，總覺得心跳有些失了速。

大學社團，我沒有多想，加入律法會和三田祭實行委員會，最後留在三田實。公關部感覺要很積極，有點可怕，所以我加入了乖乖牌似乎比較多的廣告宣傳部，負責製作宣傳手冊和經營官網。我就是在那裡遇到他的。

他是攻玉社畢業的，本來想考一橋，但是在中心考試失利，進了商學院。「其實我分數有到經濟系」——第一次聽到他這番強調「我可不是單純的無腦商[2]」發言，我忍不住笑出來。他說他想進P＆G做市場行銷，在大學合作社買些艱澀的書籍賣弄，卻從來沒看過他認真研讀的樣子。

這麼說好像有點壞，但對我來說，他老土得恰到好處。夏天穿領子有奇怪開口和繩帶的黑T恤配米白色棉褲，冬天穿深紅色北歐花紋毛衣配米白色棉褲。戴無框眼鏡，感覺會喜歡電影《草食男之桃花期》的量產型遜咖大學生。

2 無腦商：過去慶應大學的商學院因為錄取成績較低，被嘲笑為「無腦商」（バカ商）。

我喜歡他那種土。

我們幾個同屆在炭火燒鳥Torinosuke吃吃喝喝，回家的澀谷方向的東橫線只剩下我們兩個，本來應該要在澀谷站（當時站體還在地上）轉乘電車各自回家，但可能是中了劣質檸檬沙瓦的巫術，我們上了賓館。「我覺得不太舒服，可以去賓館休息一下嗎？」這種土氣的邀約讚透了，我忍不住笑出來。

吹喇叭的時候發出怪聲、明明是在室男，乳頭卻很敏感、用手指用力搓我的陰部被我罵，結果肉棒跟著氣勢一起消風、還有搞錯套子正反面但沒有繼續用，而是乖乖丟掉，這些地方都好遜，好可愛。是只有我才知道的他的遜、只有我才有辦法去愛的他的遜。

我刻意沒有問明白，他到底算是我的炮友還是男友。因為我總覺得這樣的曖昧才是大人的戀愛。男女朋友就像商標登記，有人想侵害才有意義，如果除了我以外，不會有女人看上他，是什麼名分都無所謂。

在三田實，我負責經營推特，因此也自己開了個私帳，好熟悉功能。我開了也追蹤三田實成員的大帳，還有只有女校朋友才能看到的小帳。小帳也有二十來個追隨者，每個人都把標新立異的欲望轉化成色色的文字，專貼一些不堪入目的文字。

第一年的三田祭一眨眼就結束了。我參加的部門事前準備雖然累人，但當天還算清閒，所以我穿著紅色日式短褂，呆呆地看著一般企畫部的人兵荒馬亂的樣子。學長慫恿他「去把個妹啦」，他脫下短褂搭訕女高中生，被無視了。

最後一天還有收拾善後等工作，因此慶功宴訂在隔天，也因為人數眾多，我們辦在車站附近的櫻花水產。自然而然，各個部門各聚各的，用不夠冰的啤酒杯一口氣乾杯。他逞強地接下啤酒杯，卻連一半都灌不完，被大家取笑。真可愛。

雖然不是男女朋友，但很合拍的兩個人。我想在旁人眼中，我們是這樣的關係。因為他公開宣傳他喜歡女高中生，我的人設則是只愛東大生的怪咖。記得那天也是我們兩個，加上三個部門學長姊一起喝酒。

「既然你們那麼合拍，乾脆結婚算了嘛。直接跳過交往。」學長這麼說，我頂回去：「才不要呢，而且他一橋落榜欸。」這是我們之間的老段子了。一口氣乾杯而喝醉失常的他，臉上掛著傻笑，但直視著我的眼睛說了。說了我一輩子都忘不了的那句話。

「如果我們三十歲了都還單身，就結婚吧！（笑）」在回程的井之頭線，我喝著寶礦力水得，回味著那句話。臉上的竊笑怎麼也收不住。我想像和他的婚姻生活。兩人都在職場上活躍，住在寬敞的房屋裡，我幫他吹喇叭，讓他發出怪聲，然後生個女兒之類的。想像中的他，還是穿著土氣的衣服。

兩人的關係因為我誤傳訊息，唐突地畫下了句點。在澀谷的賓館，我每次都趁他去沖澡時，拍下他那天穿的衣服上傳小帳，附上標籤「#今天的小遜棒」。這天他穿的是BEAMS的熊T恤。結果我不小心誤傳到大帳去了。

雖然我火速刪除，但似乎被有心人截圖，私下流傳了。那天有社團總會和飯局，每個人都記得他穿的老土T恤，因此慶應生們立刻理解發生了什麼事。狀況尷尬到不行，我雖然沒有退出三田實，但與他曖昧的關係，就這樣曖昧地結束了。

大學畢業後，我進入電通上班。也許是因為當時大家都想在傳統媒體做文宣或廣告，所以像我這種想要在數位世界拚出勝負的人很少見吧。現在我也以社群媒體市場為中心，負責好幾個大客戶。

至於他，他被嚮往的P＆G光速刷下，第二嚮往的博報堂也沒上，最後不知為何進了巨型銀行。理由很奇妙，因為他父親也是銀行員。他一進銀行就被派到鄉下，後來不斷調地點，在三田實同屆的飯局裡也見不到他了。我也沒有特意聯絡。

今年我三十歲了。去年在清澄白河買了一戶公寓。起初我在白金高輪一帶找房子，但以前女校的同學和公司同期愈來愈多人結婚，已經很少會去六本木或惠比壽一帶遛達了。那是河邊一棟靜謐的低樓層公寓，住處空間寬敞，被觀葉植物圍繞，我非常中意這樣的生活。

我到現在都還是單身，卻買了二房三廳的房子，被同期調侃。我不知道他能不能算做男友，但與他分手之後，我就再也沒有交過像樣的男友了。也許是因為內心某處，我希望他能來填滿這個寬敞的住家空間。

某個晴朗的秋日，我和三個三田實要好的朋友一起去康萊德酒店喝下午茶。他的名字久違地傳進耳中，聽起來就像一串無機質的文字。聽說他在調過去的分行遇上權勢霸凌的上司，被搞到精神衰弱離職了。他和在那家分行認識的儲備幹部學妹結婚，現在又搬回東京了。

不知道是回到東京的關係，還是太閒的緣故，聽說最近他開始聯絡三田實的老友們。不過我倒是沒接到聯絡。「一起去吧！」東京土生土長的朋友們對他住的流山大鷹之森這個偶爾會在新聞中看到、卻神祕萬分的千葉地區懷抱著八卦式的好奇，當場LINE他，決定包括我在內，四人一起前往進行視察之旅。

東京的定義因人而異。畢竟就連千葉縣的浦安，都有東京迪士尼樂園。但我覺得流山大鷹之森不算東京。我查了一下要花幾小時才能到，結果意外地近，從新御徒町轉乘筑波快線，四十分鐘就到了。越過幾條河流，窗外的景色愈來愈鄉下，經過了好幾處森林，它們與丸之內或表參道大異其趣，染上了告知秋意的刺眼豔紅。

一走出車站，我嚇了一跳。經過大型商業設施，就是一片拔高成林的平板狀社區大樓。建築物之間，好幾名宛如山寨版二子玉貴婦[3]的母親推著嬰兒車穿梭其間。每個人都一臉幸福、滿足。我一陣頭暈目眩，就好像高山病發作。

在大樓入口迎接我們的他，讓我一時無法認知那就是他。Oliver Peoples仿冒品般的細框眼鏡、自然的中分頭。貌似全身行頭都在站前UNIQLO買來的黑色線衫和灰色感動西裝長褲。腳上是感覺東橫線一帶的高知性人士會穿的New Balance黑色運動鞋。

我所愛的他的老土，被太太在這處城市廉價取得的物品徹底抹去，取而代之，他看上去已成了這座城市能被取代的無數零件之一，啜飲著在這座城市量產的康寶濃湯罐般的幸福。是放棄選擇的人們所步上的、通往幸福的康莊平坦大道。

「我差不多要回歸社會了。」他在播放著麵包超人歌曲的家中這麼說。宜得利家具每一個邊角都貼上了防撞泡棉的家。我在廁所偷偷查了一下公寓的中古房價，大概是我清澄白河的房子一半。可是，這個家顯然充滿了我的家所沒有的、色調溫暖的生活。

聽說太太最近迷上《大豆田永久子與三個前夫》，把頭髮剪短了。現在才在迷？坐在流山大鷹之森，觀看角色們在澀谷區各種酷炫場所活躍的電視劇、在流山大鷹之森頂著和松隆子一樣的髮型，是什麼感受？內心湧出無限嘲諷，但我默默地笑。

---

3 二子玉貴婦：指居住於東京都世田谷區二子玉川地區的貴婦名媛。

聊了些什麼，我記不清楚了。我們以「你女兒看起來睏了」等理由，早早告辭，他們家三個人並排在公寓門口目送時，那幸福的一家子，就宛如烙印在眼底的夕陽。我實在提不起力氣走下大江戶線宛如通往地底永無止盡的階梯，一走下筑波特快，就從新御徒町搭了計程車。

隨便挑了輛個人計程車坐上去，說出公寓名稱，司機沒神經地說「客人住在好高級的地方啊」，我不理會，看著窗外。沒錯，我是住在好地方。我進了大公司，努力工作，熬過性騷擾權勢騷擾，努力活下來。

開門後，室內一片漆黑。我為BALMUDA加濕器及擺放各處的昂貴觀葉植物澆水。可能是感冒了，總覺得室內莫名陰寒，今年第一次打開了暖氣。換上被同期笑「都幾歲的人了還穿這牌」的gelato pique居家服，拿出冰箱的京都釀造啤酒飲用。

350毫升的鋁罐兩三下就空了。在擺滿昂貴物品的昂貴屋子裡，我形單影隻。一想到這就像自己的人生，我幾乎快哭了。

今天我重新認識到了，其實我並不是執著於他。瘋玩Tinder的那段時期，我釐清了自己喜歡哪一類長相，但他並不符合。只是——我一直在心裡為他保留了一個特等座，我只是還沒辦法好好地把它取消而已。

從以前開始，我就不擅長與人交往，或者說信任一個人，並獲得信任。許多人也許是透過戀愛家家酒來學習這件事，但我還沒有經驗過，就邁入三十大關了。從以前開始，我即使聽著甜膩地歌唱愛情的J POP，也麻木無感，大概也是這個緣故。

我的父母很嚴格。母親自己是短大畢業的，卻動輒斥責年幼的我「女人除了東大，念其他大學都沒有價值」。在努力考進去的女子學院，我的成績也只是中等，我可能是錯失了喜歡上自己、喜歡上別人的機會。然後，他成了我第一個也是最後一個喜歡上的人。

鼓起勇氣把我帶去「澀谷街物語」賓館的他，那種笨拙的遜樣。就算目的只是為了打炮也無所謂。他說了許多遜到爆的事，像是看了《草食男之桃花期》，跑去買TENGA飛機杯，三秒就炸膛的事，所以我也安心地說出我和母親之間的愛恨情仇、想早點搬出家裡這些。感覺我第一次有了可以傾訴這些的對象。

我想，我心裡一直甩不掉遭到他背叛的感受。他輕易地撬開我心房上的鎖，然而一覺得尷尬、或不想面對了，連個聯絡也沒有，就跑去跟西日本不曉得哪裡的鄉下找到的女人上床生小孩。

我妝也沒卸就睡了。星期天。在白金高輪買的名稱炫麗的觀葉植物葉片上，是透過蕾絲灑進來的柔和陽光。美麗的早晨。被拋下的我，還有我的人生。即使如此仍持續下去的日常與房貸。我把對回不去的過去的執著留在流山大鷹之森，獨自在清澄白河的這個家的陽台，啜飲剛沖好的又燙又苦的咖啡。

# 2802號室

半年前，我搬進這個住處。

搬家那天剛好我生日。在二十八歲這天，搬進二十八樓、房租二十八萬的這裡，感覺宛如命運的安排，比什麼都令我驕傲。

陽台可以清楚看到東京鐵塔。我覺得自己在放滿了未開封搬家紙箱的這個住處，終於在東京這座城市，占到了一個特等席。

從當地信用金庫員工宿舍的乳白色公寓四樓兒童房，可以清楚看見流著褐色濁水的加古川，以及轟隆隆朝東京疾馳而去的東海道新幹線。母親說，我是個熱愛新幹線的孩子。美麗的白色新幹線劈開這座停滯城鎮沉澱的空氣，奔向遠方。

我認為，會讀書但跑得慢，是我當時不幸的本質。

國語數學理化社會，每一科的考試，我都能輕易拿到滿分。祖父和父親都曾報考早稻田大學落榜。全家族的每一個人，都殷殷企盼我終於能夠斬斷親子三代與大隈重信[4]結下的樑子。每次去祖父家，他一定會問我考試分數，我說考一百分，他就會開心地塞給我一萬圓鈔票。

透過讀書積累的自我肯定感，總是被體育課摧毀。特別是賽跑類。五十公尺短跑、接力賽、來回跑。跑得快的小孩是校園明星，這樣的文化也存在於兵庫縣加古市這裡。我身為跑得慢的孩子，總是在教室角落拖拖拉拉地換上體育服，苦澀地質疑：人類老早就過了狩獵採集時代，何苦還要像這樣衝來跑去？

灰撲撲的褐色操場。鞋底下的石灰如積雪般潮濕柔軟。自稱受到漫畫《鐵拳對鋼拳》啟發而成為教師的黑色運動服體育老師一吹哨，兩名學生同時朝向五十公尺前方處的終點跑去。在當地足球俱樂部活躍的黝黑同學，背影不斷地遠離。十一．二秒。我上氣不接下氣地回頭時瞥見的、排在起跑線的同學們等

4 大隈重信：早稻田大學的創校者。

得不耐煩的四隻厭煩的眼睛——耳根子猛地燒了起來，腦袋裡嗡嗡作響。

我想，索性連成績都跟體育一樣爛，或許會好過許多。如果從一開始就毫無價值、不值得任何人矚目的話，是否就不會那麼淒慘了？所謂淒慘，就是高低落差，在志得意滿地登上的舞台上出糗，才會顯得淒慘。不是完美，就是個徹底的不完美。任何不幸的形式都可以，和諧就存在於當中，這才是通往幸福的唯一途徑。

如今回想，那只是自我意識的暴走。就算跑得慢，也不會有同學因此對我扔石頭，而且只是書讀得好一些，也不可能招來多大的矚目或崇拜。現在的我能夠理解，只是父母和祖父母過度的寵溺，造成了不必要的高低落差而已。

我背負著全家族的期待參加大學入學考，順利考上早稻田大學，不假思索地進去就讀。特別是祖父，歡天喜地，好像還把父親好玩買回家的大學三角旗掛在起居間裝飾。祖父還出錢讓我出國留學。不假思索地應徵的澀谷大型新創公司順利錄取我，我不假思索地進去，負責談不上喜歡的遊戲業務。

面試的時候被問到：「你有遭遇挫折的體驗嗎？」浮上心頭的就是那個景象。明明跟我一樣都是兩條腿，卻遠遠地拋下我的大村同學的背影。還有運動會和球類競技時如坐針氈的時光。體育課終於結束，無數的沙粒在掌心上留下了無數的噁心凹坑。

我說出國留學的時候，和外國的大學生溝通遇到困難，為了促進雙方情誼，我籌備了一場日本料理派對。人資聽了很開心。

幾年前，我換了工作。職場一樣在澀谷，在ToC服務的廣告領域擔任經理。當成副業開始的網頁廣告代理店業績蒸蒸日上，最近我在考慮買台保時捷節稅。

這半年，我透過東曆約會APP[5]，每天和各種女生見面。經過數不清的AB測驗結果，我發現過去的事蹟當中，最受歡迎的是「參加過足球社」這件事，因此被問起高中時代的回憶，我都這麼回答。在不存在的高中、不存在的操場上，不存在的我歡笑著追逐足球。

可能是約會喝太多啤酒了，最近胖了不少。西裝穿起來很憋。我覺得必須運動才行，趕忙上網買了全套NIKE的慢跑用品。高中體育課以後，我就沒有跑過了。

從一之橋到古川橋，再轉向天現寺橋，繞過南麻布一帶。在外苑西通大道穿過廣尾，跑到西麻布十字路口。在六本木大道跑過六本木新城旁邊，前往一之橋。

跑步意外地舒暢。腦袋變得清爽。人為了消除移動的辛勞、輕鬆移動而發明了汽車，卻汗流浹背地奔跑看著滿街的車子，實在非常倒錯，有意思。

我還是一樣，跑得很慢。大概以一公里八分鐘的速度慢吞吞地跑，但還是一下子就累了。皮膚黝黑身材精實的阿伯輕鬆超越我。和他比較，感覺自己跑步的姿勢也很奇怪。

但不僅沒有人笑我，甚至沒有人看我。和路上行人對望沒有任何好處，因此這座城市聰明的居民們甚至不看彼此的臉。

愜意的漠不關心。我住的那棟三十六樓的公寓，每一戶都塞滿了不知道彼此長相姓名的四百四十戶家庭生活單位。我想像人們就像胎兒一樣蜷曲，漂浮在被柔軟的細胞膜覆蓋的溫暖細胞液裡。這些是孤獨與沉默的細胞聚積。假設高樓公寓是人體，它的長相會是什麼樣子？也許長得就像那個時候，從兒童房的窗戶日復一日對著新幹線百看不厭的我。

我慢慢地跑過夜晚的街道。不管是廉價的設計師公寓、高台上感覺歷史悠

5 東曆約會APP：雜誌《東京Calendar》推出的全審查制婚配APP。

久的獨門宅院，或是填滿馬路的高級進口車，這座城市舉目所見，一切都充斥著無言的孤獨。

出門前我看了一下信箱，祖父來信了。以萬寶龍鋼筆寫就的一行行優美手寫字。來到東京以後，這十年來我沒有再見過祖父。

離開故鄉後我才發現，其實我不太喜歡祖父。祖父天經地義地期待我完成他人生的未竟之事，每次都要我報告實現進度，並逐一評點，那種態度，還有要求我當個祖父的好孫子的無言壓力。我猜想，當時我之所以苛責跑步跑得慢的自己，元凶其實就是祖父。

聽到我跑得慢，祖父上圖書館讀遍了體育教學相關書籍，穿上不搭軋的全套運動服，對我進行特訓。夏季的加古川河邊。濃烈的雜草腥味。蚱蜢跳躍的撲騰聲。我一次又一次被逼著衝刺五十公尺。我喘不過氣，汗水刺瞎了眼，氣管有鐵腥味。

把已經不涼的動元素遞過來時，祖父的那種笑容。期待只要賞瓶飲料，我理當就該心甘情願練跑的那種笑容。

希望你這樣、希望你那樣。基於圖個輕鬆的心態而發明汽車的人類，出於圖個輕鬆的心態，對別人無止境地期待。那種期待，對當時的我來說，是致命地窒息。

我想，孤獨本質的價值，就是不受任何人任何期待。

我和大學同窗，還有前一個職場的同事都沒有聯絡。最近見面的人，只有東曆約會APP上認識的女生，我甚至沒有告訴她們，我學生時期完全沒參加過社團。有時在沒有預定的週五夜晚，也會冷不防寂寞攻心。即便如此，我還是認為這份孤獨帶給我的獲益更多。在看得到東京鐵塔的這個房間，我在溫暖而柔軟的孤獨裡，像個胎兒般漂蕩、安睡。

這棟公寓的四百四十戶裡面，一定有好幾百個沉睡的胎兒。就如同東京的本質就是孤獨，高塔住宅的本質，或許也是孤獨。我是不曉得啦。

穿著昂貴的NIKE運動鞋跑過古川時，我在蒸騰的臭水氣味裡，倏忽回想起加古川的水那沉重的褐色。

# 青山的義式水煮魚

我在青山的義大利餐廳和父母一起看酒單，LINE的家庭群組傳來姊姊貼的義式水煮魚照片。好像是同居男友做的。鯛魚皮開肉綻，被醬汁染成褐色。宜得利的平底鍋。因蒸氣而失了焦的照片。我覺得它就像姊姊的人生一樣，慘。今天是我們雙胞胎的三十歲生日。

也許因為是異卵雙胞胎，姊姊長得像父親，我這個妹妹像母親。母親似乎當選過當地的某某小姐，有著一雙漂亮的雙眼皮大眼，渾圓如櫻桃。是為了被愛而生，除此之外什麼都不會的可愛洋娃娃。年歲漸長後，我開始這樣看待母親。

父親沉默寡言，假日就玩他的業餘無線電。他在三十五歲左右轉職到當時很罕見的外資ＩＴ企業，好像當時就決定把增加的薪水全部存起來，給我們將來就讀船橋的公立小學。我們姊妹一起上補習班，兩個都考上了學習院女子中學部。那裡每個同學家境都很好，個性也很好，環境很舒服。

除非我們主動說起，否則沒有人看得出我們是雙胞胎。我們的長相就是相差這麼多，不過才智水準倒是差不多——至少在剛入學的時候。上了高中以後，我開始和登上《MEN'S NON-NO》的帥男生們一起去澀谷玩，姊姊則拜託父親，繼續每星期上幾天補習班。

我不喜歡父親。青春期的女生，沒有一個會喜歡父親吧。回到家一看，姊姊頂著和父親同一個模子刻出來的素顏，在客廳讓父親教她數學。父親也沒責怪我晚歸，只說「妳回來了」，又繼續和姊姊研究數學。我默默無語，去盥洗室洗手。

某次和姊姊去澀谷的時候，我們一起拍了大頭貼。姊姊戴著眼鏡，就像個女阿宅。我把它貼在貼紙簿上，朋友問，這誰？我雙胞胎姊姊，我說，被笑：一點都不像嘛！很沒禮貌欸～！這麼說的我，或許臉上也在笑。

某天，姊姊說大學要考醫學系。母親和我勸阻，父親卻支持姊姊。姊姊還卯起來去上類似冬季加強班的補習班課程，結果落榜了。姊姊沮喪地關在房間的那一天，我總覺得獲得了寬恕，在星巴克沒來由地要求糖漿加倍。

結果，我繼續升上學習院，姊姊進了保險填的志願慶應理工。我加入舞蹈社，草草應付學業，成天遊玩，但姊姊不一樣。姊姊乖乖出席大學的課，乖乖修學分，晚上還去河合塾補習。她確實遵守和父母的約定，並且就在那年冬天，成功考上了我連聽都沒聽過的濱松的醫大。

沒有姊姊的生活開始了。我常和母親去喝下午茶，生日的時候，也會和父母三個人一起去吃法餐。雖然不知道為什麼，但姊姊不在以後，感覺船橋這棟積水房屋興建的小小的家，變得更容易呼吸了。是沒有緊迫進取心的、鬆弛溫暖的時光。

我糊里糊塗地從大學畢業，糊里糊塗地進了保險公司當行政。我穿著和母親一起挑的Chesty的衣服，脖子上掛著Michael Kors的證件套。週末和公司或大學朋友相約去聯誼。俱樂部裡無時無刻不流瀉著電子舞曲，地板上掉著不知道什麼人的名片。高跟鞋的膠底一下子就磨光了。

我們把性騷擾的上司稱做性聯盟，權勢騷擾的上司稱做權勢聯盟，兩種都會的上司叫做性權勢交流賽或日本大賽。我在調動的第二個部門，好死不死遇到了日本大賽王者。身邊的同事對我很冷漠。每個人都知道，上司暴怒的原因，都是因為無能的我在職務上的怠慢。

我請假一陣子，最後辭掉了工作。跟其他學習院內部生不一樣，我家沒有公司也沒有大樓，但父親在外資公司當經理，還養得起一個女兒。至於母親，她好像為了女兒可以一直賦閒在家感到開心。我們又開始一起出門喝茶了。

我這樣的生活裡，唯一順利的就是戀愛。男友是聯誼認識的慶應畢業生，待過美式足球隊，現在在貿易公司上班。我們交往了快兩年，我也帶他見過母親了。雖然有朋友密告他還在玩 Tinder，但我假裝沒發現。反正我有時候也會跑去聯誼跟別人回家，算是扯平。

忘記姊姊了。姊姊回來東京了。她好像要在廣尾的醫院工作。她好像交了一個臉長得像飯糰的男友。好像是醫大的同屆。他也要在虎之門一帶的醫院工作，所以她們好像要在廣尾還是麻布十番那裡同居。母親看到我的男友時說：「好帥！」看到姊姊的男友時，說：「人看起來不錯！」

我自己則是又找到工作了。在六本木一丁目住友不動產嶄新的大樓裡的新創公司當會計。我在俱樂部被人事部門的高層搭訕，我說我正在找工作，他就用推薦方式讓我進去了。我重新認識到，在港區最重要的就是人脈。我開始再次掛著 Michael Kors 的證件套上班。

這時，父親退掉住了許多年的船橋的家，全家搬到在武藏小山買的中古大樓。從這裡到六本木一丁目，只要搭目黑線和南北線，起初我還以為父親是為了重新回歸社會的我而搬家，但或許其實是為了支援久違地回到東京、生活應該會變得很忙碌的姊姊。我停止思考。「我家在品川區，我從國中到大學都讀學習院，現在在六本木一丁目的新創企業上班！」我在港區各地舉辦的和陌生男子的酒局上，內心自豪地如此自我介紹。當時的我，這樣就心滿意足了。

成長到已經不能算新創的那家企業，薪水意外地優渥。後勤還相當薄弱，我很快就負責帶好幾個派遣員工了。占據公司主要職位的創業成員都是些缺乏女性經驗的宅男，要把他們玩弄在掌心，對我易如反掌，同事裡應該也有人說我壞話，但我在公司裡如魚得水。

約會的時候，都是貿易公司菁英的男友埋單。我住家裡，不需要付房租，家裡也說不用給錢。我也沒有特別的嗜好，薪水都拿去上葡萄酒學校跟私人教練課了。我心想，這張臉是我最大的資產，必須善加利用，便揭露真名和公司名開了個ＩＧ帳號。只要上傳線條畢露的健身服自拍照，追蹤者數目便扶搖直上，簡單得令人驚訝。

開始玩ＩＧ，好處說不完。透過ＩＧ認識的有錢男人們帶我上許多會員制的昂貴餐廳。人脈也拓展了。但也遇到了許多討厭的事。最爛的是私訊收到跟我男友床戰的影片。在陰暗房間裡似乎是偷拍的影片中，要求「也舔我乳頭」的那聲音，毫無疑問就是他的聲音。

二十九歲生日前夕，他開口提分手。我本來打算等生日一過就主動提的說。他說，我還是沒辦法跟妳這種港區女生結婚。我也不屑跟私訊ＩＧ上的巨乳女炫耀學歷公司的男人在一起好嗎？我連一滴眼淚都沒有流。半年後，他跟瞞著我交往了三年的慶應同屆女生結婚了。

屋漏偏逢連夜雨，我又沒工作了。可能是在公司裡到處搞曖昧拉業績，終於遭到天譴，不小心上過一次床的會計財務部門經理瘋起來，開始對我做出類似騷擾的行為。我通報人事，他被降職，最後離開公司，但我也待不下去而離職了。

這圈子很小，我的惡評似乎立刻傳遍了業界。薪水好的新創公司，連個非正試面談的機會都不給我。我的人生又觸礁了。大白天就跟母親出門喝茶的懶散日子又開始了。

宛如緩慢地步向死亡的無為日子。我收到ＩＧ照片看起來很有錢、有兩百多個追隨者的大叔私訊。他說預約到大排長龍的壽司店，但原本要去的朋友不能去了。他說他不喜歡低俗的港區女生服裝，所以這天我挑了AURALEE的線衫和Dries的裙子。穿衣鏡裡的我，這天也可愛一百分。大叔說「當然要搭計程車來喔」，我恭敬不如從命，叫了計程車前往東麻布的那家壽司店。

「我喜歡有家教的女生，看就知道了。」光頭壽司師傅陸續端上壽司，我沒有拍照，小口默默享用，一旁的大叔見狀開心地說。他穿著名牌大尺寸外套、蹬著同樣也是名牌的布滿柳釘的粗獷運動鞋，穿搭百分百體現何謂暴發戶。大叔好像只有高中學歷，但賣掉了兩家公司，現在在當天使投資人什麼的，隨性過生活。

當天我就跟他回去他位在麻布十番的大樓了。酒窖裡放滿了Kenzo Estate、Opus One和Dom Pérignon，但我覺得溫度設定有點不對。好像沒什麼葡萄酒知識，就只是買了一堆人人都知道的高級葡萄酒。但我喜歡他這種簡單明瞭。我從以前就喜歡哈根達斯、Beard Papa's這類簡單明瞭的甜食。

希望他簡單明瞭地感受到我的價值。可能是察覺了我的想法，他給了我簡單明瞭的愛。我埋怨上床時毛會掉進嘴巴裡，他立刻進浴室為我剃掉自己的毛。他說第一次在壽司店見面的那天是紀念日，每個月二十日，都會帶我去有名的高級餐廳。我想起了永旺超市的電視廣告。

我說，我年紀也不小了，應該搬出家裡，他便在同一棟大樓租了一戶給我。一房三廳，房租二十五萬圓，可以清楚地看到東京鐵塔。我說家具買IKEA就好，他便開心地開著像蝙蝠車的賓士黑色大頭車陪我一起逛家具行，當然全部買單了。我還沒有告訴母親我要搬出家裡。

四十四歲的他八成沒打算結婚，而且除了我以外，應該還有許多同樣在ＩＧ釣來的女生。因為養了好幾台掃地機器人，他的住處從來沒有半根落髮，但我知道垃圾桶裡經常出現只用過一次的牙刷。

不過，這樣就好了。我提供我應該提供的價值，在社會找到了安身立命之處。我長得可愛，身材曼妙，品味出眾。即使不小心在吧台遇到他的朋友，如果身邊坐的人是我，任何場合都能讓他臉上有光。這樣——光是這樣，我就滿足了。

今年我三十歲了。最近遷到青山的這家義大利餐廳，我個人比較喜歡搬遷以前精巧的氛圍。父親帶我來這種餐廳，是想要讓我每年奢侈一次。他以為我平常都在怎樣的餐廳吃飯、喝什麼等級的葡萄酒？大學畢業以後，我就沒喝過這麼便宜的氣泡酒了。

我們邀了姊姊，但她沒有來。她在家族群組說，「因為工作的關係，我跟男友只有今天能見面」。年輕的住院醫生意外地很窮呢。我上SUUMO網站查了一下兩人同居的廣尾大樓房租行情，跟我住的地方差不多。雖然我的房租不是我付的。

我想像兩人的生日。姊姊長得像飯糰的男友，一定會打開食譜APP KURASHIRU，去明治屋採買，用宜得利買的菜刀笨拙但全神貫注地切菜。大蒜煎得太焦，醬汁整個煮成了褐色，但屋裡一定充滿了溫柔的氣味。

姊姊從廣尾醫院回來了。她脫下New Balance，跑進廚房，眼鏡被平底鍋蒸騰的熱氣薰得一片霧白，說：「看起來好好吃～」在老家從來不曾展現的明朗，是因為累積職涯而建立起自信的關係，還是因為離開了我和母親？

香檳應該是上網在ENOTECA買的附贈酒杯的路易王妃吧。往後所有的氣泡酒，她們都會用這兩支贈品酒杯來喝吧。前菜是在國際超市買的，有莫札瑞拉起司的卡布里沙拉。羅勒可能會捨不得花錢，去驚奇屋買便宜貨。跑這麼多地方，真勤勞。

父親為了我會品嘗葡萄酒而開心。「下一道是伊勢海老義大利麵，點瓶妳喜歡的酒吧。」父親難得心情大好，滔滔不絕，但他以為如果我真點了喜歡的酒，帳單會變成多少錢？「喝太多了啦。」我招手向侍者點了兩杯價格實惠的白酒。我真是個好女兒。

我想到父親。父親喜歡我嗎？請不要搬出「世上沒有哪個父親會討厭自己的女兒」這種陳腔濫調。我換個問法，姊姊和我，父親比較喜歡誰？我之所以沒辦法喜歡父親，是因為我自幼就感受到他對姊姊強烈的愛嗎？

我也想到母親。喝上一杯廉價的氣泡酒就醉了，最近迷上《愛的迫降》、沒有一丁點才智見識、只有外表可愛的母親。每當看到母親，我就會想：真可憐，就跟我一樣。能夠和父親結婚，是她這輩子最大的幸運。令人佩服。

我想到姊姊。我總是想到姊姊。每次想到姊姊，我就自慚形穢，煩躁不堪。我在澀谷無腦玩樂的時候，姊姊在客廳念書，父親在一旁指導。那就像一幅美麗的宗教畫，我覺得自己永遠無法介入其中。即使是現在，我依然不覺得自己「贏了」。

我也曾經努力，想要變得像姊姊、像父親，卻失敗了，感覺我只能透過母親那樣的方法得到幸福，但母親的人生真的能說是幸福嗎？我是不是連內心瞧不起的母親那樣的幸福都得不到？思考總是原地兜圈子，是因為我太笨了嗎？

等到應該是父親為我準備的、感覺國中生會喜歡的可愛甜點盤上桌，我就要提出搬出家裡的事。幸福的定義、要如何得到幸福，這些我大概到死都弄不清了。和姊姊不一樣，愚笨如我，只能埋頭狂奔，跌倒了再爬起來，繼續狂奔。

主菜是義式水煮魚。跟小X那邊的比起來，哪邊比較好吃呢？母親提起姊姊說。我放下刀子，說，我很飽了，爸吃吧。明天，他要帶我去會員制義大利餐廳，我要在那裡吃更昂貴更美味的義式水煮魚。

# 真也這個認真的人

真也是個認真的人。

我們大學同屆，在同一個研究室。三田祭論文的主題相近，所以我們在研究室經常是同一天發表，被拿來比較，我想我對他應該懷有明確的競爭意識。

真也是熊本還是宮崎人，老家務農，種青椒。每到夏季，他的父母好像就會寄NG品青椒給他，他送了我一整袋，我把一顆切絲拿來拌鹽昆布，當成當時愛喝的麒麟激暢生啤酒的下酒菜，其他的沒拿出來，直接整袋丟進垃圾桶。我討厭青椒，也跟真也說過我討厭青椒，他卻笑咪咪地塞了一整袋青椒給我。他以青椒形式呈現的好意異樣地輕盈，因為青椒是空心的。我覺得很像真也。

研究室的論文發表，多半是我先，然後才是真也。因為我的發表一下子就結束了，他的發表卻又臭又長，就像正在發育的害蟲，大口蠶食掉時間。真也重考兩年才考進慶應，比幾乎所有的學長姊年紀都大。加上他生了張老臉，看起來更老。真也總是笑咪咪地發表研究成果。他挑的文獻亂七八糟、分析也亂七八糟，亂七八糟地說明亂七八糟的分析。

他的發表終於結束時，所有的人都露出如釋重負的表情，對望賊笑，期待有人奇蹟式地理解他宛如外星話的發表，提出問題。散漫的沉默。「總有什麼問題吧？」老師每次都說。可是沒有。自覺應該負責的研究室代表每次都提出問題。代表首先從頭編出一個類似他的主張的骨幹，問：也就是這麼回事嗎？真也說，不對，不是這樣，首先我的著眼點是……開始說起莫名其妙的內容來。老師笑咪咪地沉默著，彷彿在說希望學生們透過對真也的指導，一同成長。但是存在於這裡的不是成長，只有充斥著徒勞與尷尬的漫長時間被徒然浪費掉。

我訝異，這種人居然有辦法進慶應。真也認真得可怕。日復一日關在圖書館，待到閉館時間。他讀了分量驚人的文獻。他抓住老師不放，問上好幾個小時的問題。倘若成果是努力的量乘上效率，那麼他就是努力的天才。他似乎是以天文望遠鏡等級的努力，乘上電子顯微鏡等級的效率，總算考上了慶應。

顯而易見，真也是個好人。不只是認真，真也對別人也很好，但這樣的好，卻無法順利表現出來。研究室的同學盲腸炎住院時，真也提議大家一起寫張慰問卡，送個「簡單的慰問禮」。寫慰問卡給只住院短短幾天的堺同學、還有臉不紅氣不喘地向同學收取一筆不小的金額，買一大籃高級水果送給應該只能吃稀粥般的醫院餐的堺同學，這些都讓眾人覺得「真的很像真也會幹的事」，同時也都有些生氣。

真也在求職活動似乎吃了不少苦，卻在最後一刻贏得了巨型銀行的內定。「我想要振興故鄉的經濟」、「貴銀行在全國四十七個都道府縣都有分行，一定能夠實現這個目標」。我可以輕易想像，他肯定是眉飛色舞、比手畫腳地描述他那對種出又醜又澀的青椒的父母的事蹟。還有從他口中噴飛出來的，有點臭的唾沫星子。

有其他同學也進了同一家銀行，他入行後的八卦，也傳入我的耳中。他研習的時候好像也幹出驚人之舉，弄哭了同組的女生。那女生是誇張地認為，真也那亂七八糟、卻具備難以否定的熱情的徒勞努力，會玷污了自己的職涯嗎？但我總覺得可以理解。

真也在川崎的分行待了一年，然後好像就休職了。似乎是和督導徹底不對盤，和上司也徹底犯沖。回首一看，在研究室也是，沒有半個人跟他合得來。我覺得老師太不負責任了。只有不必對他的人生負責的人，會對他溫柔。我也是。每次他向我訴說論文的構想和進度，我心裡想著，這傢伙在說什麼鬼話啊？嘴上卻總是敲邊鼓：「很棒啊，我覺得很有趣」、「這是我沒有的觀點，我們可以用不同的角度探討呢」。我發現，那不是溫柔，而是放棄責任，是坐視他的未來毀滅的行為。

真也辭掉銀行工作了。他好像變得不敢搭電車了。「開往川崎的各站停車電車，即將抵達一號線」。明朗得詭異的發車旋律。只要站在南武線月台，他好像就會想像起避開鴿子群聚的路邊嘔吐物走到公司、被督導和上司否定人格的不久後的未來，定在原地，動彈不得，就這樣目送電車一班又一班通過。他好像沒辦法去銀行，去醫院請醫生開了診斷書。

但真也似乎還是沒有放棄人生。他好像開始去上程式學校了。幾個月後，他以連板機都扣不太下去的狀態，被派到戰場般的血汗ＩＴ企業，這次好像在職場嘔吐了。真也似乎相信是自己努力不夠。接著又去了另一家程式學校，但細問之下，他好像在類似線上論壇的地方，模糊地接收從天而降的模糊知識。聽到每個月的收費，我嚇了一跳。他好像支付絕不算便宜的費用，還被迫做些形同免費義工的工作。照理來看，我覺得最好立刻退出，但好像沒有人這麼勸他。我也沒有說。眾人又拋棄他了。

我發現了，真也似乎是用努力來逃避。我漸漸覺得，真也好像從以前就是這樣。只要整個人浸泡在努力的溫水裡、只需要動手的溫水裡，就能夠被蒸氣籠罩，不必正視眼前的不安。真也好像一直以來都是這樣在逃避。真也其實並不認真，對人生極不認真，為了逃避這個不願面對的事實，他用努力來逃避，就像挨母親罵的小孩，低頭開始玩手指。

自從發現這個事實以後，我總覺得輕鬆了。因為我一直隱隱約約，為了自己對真也的人生不負責任而感到自責。追根究柢，全是真也自己不好。每回想起真也，我都會想到手。真也會去圖書館借好幾本書，翻頁、翻頁，在活頁筆記本寫下什麼，翻頁、翻頁，只讀了十幾頁就闔上，再打開另一本，翻頁、翻頁、翻頁……遠遠地目睹這一幕時，我是什麼樣的感情，到現在我依然回想不起來。我直盯著他的手看。記憶的黑暗裡，昏暗的圖書館中，只剩下那雙手。

今年我當爸爸了。妻子提出的名字候補中有個「真」字，我隨便挑了個此外的其他名字。

# 跳出森林的兔子

有人看到兔子跳出森林，一頭撞在殘株上死掉了。隔天開始，那人就坐在那處殘株上，痴痴等著兔子跳出來。記得好像有這樣的童謠。我就是那個愚蠢的懶人。為了等待跳出六本木大樓叢林、東大畢業任職高盛的他，我被綁在了殘株，單身迎接了三十歲。

我在埼玉的老家不知不覺間成了大人。不值一提的人生。就讀住家附近的公立學校、和朋友拍大頭貼、窩在麥當勞打屁、偶爾去澀谷或原宿。學生書包、大腿襪止滑膠、學生鞋、牛奶糖色的開襟衫。不能做什麼、也不想做什麼，是隨處可見、平凡無奇的女生。

不知不覺進了都內的女子短大。沒什麼特別想做的事，讀了幼兒教育的學系，隨著鋼琴伴奏開朗活潑地唱童謠。週末上俱樂部或參加聯誼，偶爾上賓館。沒有固定的男友。畢業後沒當教保員，隨便進了家大宮的食品批發公司做會計行政。

我透過聯誼認識了男友。大宮的廉價居酒屋。炎炎夏日，吃的卻是火鍋，滿滿高麗菜的火鍋。是故鄉朋友辦的聯誼，有故鄉的男生參加。在手機行上班的男生在桌底下一直把腳貼過來。我在飛鏢酒吧喝了一堆龍舌蘭酒，爛醉地去了他家。不知不覺開始交往。

約會都是去那家廉價居酒屋。紀念日去又別家廉價居酒屋。「想吃什麼盡量點。」我點了一堆蟹膏，用免洗筷拚命刮下在鐵網上烤到焦黑的蟹膏放進嘴裡。買了同款馬克杯。兩個人都住家裡，所以各別拿回家用。現在在家是我媽在用，好像被茶漬染成一片褐色了。

在澀谷和短大的朋友喝酒時，她告訴我Tinder這個APP。我說這約會軟體嘛，朋友說不是，是交「朋友」軟體喔。我當場試了，立刻就配對成功。對方好像是東大畢業，在六本木的投資公司上班。我們約好下週五在六本木碰面。

指定碰面的地點，是六本木新城。以前我在上俱樂部之前去那裡看過柯南的電影。對方說「在蜘蛛那裡等我」。晚上八點。他從太空船般的入口走出來。本人比照片胖了些，長相也有些不同。我露出「咦？」的表情。他也露出「咦？」的表情。

應該預約好的店，似乎因為某些差錯沒有預約到，他說，去附近的愛爾蘭式酒吧好嗎？愛爾蘭式酒吧，聽起來很時髦，我說好啊。他是個紳士，替我拉開椅子，發出有些刺耳的木頭磨擦聲，還請我喝黑醋栗烏龍茶。這天我沒有多想，穿的是在Amostyle買的可愛內衣褲。

他就像《流星花園》裡的角色。家住白金，祖父、父親和本人都是東大畢業，好像在一家叫高盛的公司上班。這樣一個人，怎麼會對我按讚？「妳是我的菜，而且聊起來很合拍，很愉快。」第一次有人這麼說我，好開心。

開喝三十分鐘左右，他的手機響了。雖然也覺得好像沒響，但他拿起手機開始講電話。他的表情變得嚴峻，偶爾摻雜英語，一臉凝重地說著我聽不懂的深奧內容。好像是工作遇到緊急狀況。「我得趕回辦公室。一定要再約喔。」他留下這句話，逃也似地匆促離去。後來再也沒有聯絡，但他留下的種種讚美，在我心中嗡嗡作響。

東大我只在《東大特訓班》的電視劇裡看過。我爸只有高中學歷，家族裡讀到大學的，只有親戚的阿拓，獨協大學畢業。有大學畢業、而且是東大畢業，甚至是在高盛上班的人找我約會，還稱讚我！從來不曾見過的一流男士，突然出現在我的人生當中。

從這天開始，我莫名在乎起大學和公司名稱來了。我問在手機行上班的男友什麼大學畢業的，結果他只有高中學歷。是喔。我沒有多想，繼續玩 Tinder。我把早稻田慶應和五大私大全部蒐集齊全了。埼玉也有不少這些畢業生。不光是大學，對類似「就業評比」的排行，我也變得如數家珍。

我忽然覺得男友毫無價值。應該說，我開始覺得我是個有價值的女人了。我跟每天操作上億圓的男人們喝酒，怎麼會跟靠著寒酸附加方案賺錢的手機行男人在魚民推辭「不要小菜」？總覺得不想聯絡了，我們的關係就這樣自然結束。

我就像掙脫牽繩的狗，開始大玩 Tinder。五大私大裡，我最喜歡立教，也學到青山大學在相模原也有校區。大家都會在桌子底下牽我的手，約我上賓館，卻沒有人說「我們交往吧」。但這樣就足夠了。

不過，沒有一個比得過那個東大高盛男。他沒有用我發洩性慾，甚至沒牽我的手，他為我拉椅子，也沒跟我討兩千圓的酒錢，而且家教出眾，溫柔體貼，沒有明示暗示要跟我開房間，默默地對我微笑。不管在誰的懷裡，我總是會想起他。

我今年三十了。今天約會的對象是中央大學畢業，在保險公司任職。為什麼中央畢業的不管長到幾歲都是那副德性？不論長到幾歲，就是甩不掉多摩的鄉土味，我已經膩了。還是東大好，還有，最近我迷上一橋畢業的。

回程的埼京線上，我又想起了他。拖動六本木酒吧椅子時發出的那種木頭磨擦聲。我覺得那是東大畢業任職高盛的人才有辦法弄出來的聲音。好想再聽聽那聲音，我這麼想著，打開Tinder查了一下，他還在！我傳了訊息給他，卻怎麼也等不到回覆。今年我三十歲了。

# 我的才華

站前書店買的《宣傳會議》三月號。通過比賽初審的名單裡，沒有我的名字。我相信在我之中，沉睡著某種才華。不管是漫畫、音樂還是廣告，什麼都試過了，卻沒有一樣獲得成功，我的眼前橫亙著只能就這樣沒沒無聞、逐漸淪為又髒又臭的糟大叔的漫漫人生。

小學老師家庭訪問時，對母親說，「這孩子不管做什麼都做得很好。」我對任何事情都好奇萬分，任何事情都做得還不錯，進步得也很快。「不過有些容易三分鐘熱度，希望他能找到真心喜愛的事物。」如今回想，諷刺的是，老師預言神準。

家中擺滿了琳琅滿目的獎狀。我學過多少才藝活動，就有多少獎狀。游泳、繪畫、英語會話。母親讓我上遍了Fuji GRAND購物中心裡的才藝教室。舊帝大畢業、在地方銀行上班的優秀的父親，娶了來自平凡家庭、短大畢業的妻子。住附近的祖父母對這個媳婦總是冷眼相待。我的這些獎狀，也是她的獎狀。

我總是回應著母親，以及母親背後的祖父母的期待。我的成績也很不錯，小學考試總是一百分。祖父母很開心，出錢讓我上補習班考私立中學，但我落榜了。放榜日（對我來說是落榜日）那天，母親炸了一大盤雞塊給我。我默默地全部吃掉了。

結果國高中我讀的是當地的公立學校。高中是縣內大概排行第三的學校，我每天早起騎鐵馬上學。其實我想讀父親的母校，但分數不夠。我漸漸瞭解到，我大概無法超越父親的年收，以及祖父母的期待。銀色的Albelt自行車在田梗上喀噠震動著前進，漆皮書包在車上彈來彈去。

為了排遣準備大考的積鬱而畫的漫畫，得了當地報社的小獎，讓我久違地對自己的人生湧出了期待。報名人數只有二十人上下的小獎佳作，程度可想而知，但怎麼說，感覺就好像自己毫無價值的人生灰濛濛的暗處裡，射進了一縷細微的明光。

那是以自行車為主題的漫畫。主角每天騎自行車就讀遠方的高中，不知不覺間練出驚人的腿力，高中的自由車社團顧問老師力邀他加入，他在那裡讓才華發光發熱。我只畫了第一話，打算好好畫完後續。母親去附近的DEODEO買了繪圖板送我。好開心。

我畫到第三話。打算累積一定的頁數以後，投稿出版社，結果當月《少年冠軍》有一部設定一樣的漫畫開始連載。我讀了。水準天差地遠。我當下悟出不管是劇情、畫功、感性，我沒有一樣贏得過人家。我放棄畫漫畫，打算專心準備大學考試。

我高中成績很好，靠指定校推薦進了明治大學。感覺那些沒考上早稻田而掉到明治的一般考生都瞧不起我，令人火大。也有從父親的母校考進同一個學系的人。那個同學也說他本來想考早稻田，還神氣兮兮地說模擬考結果也是穩上早稻田。結果學歷還不是跟我一樣，我覺得他的人生CP值太差了。

社團我沒什麼想法地進了輕音社。輕音社不是大社團，也有許多初學者，待起來很舒服。沒課不用打工的時候，我多半賴在社辦裡。學長便宜賣給我一把芬達吉他。我彈了幾首RADWIMPS，後來也做了原創曲，被稱讚很有天分。好開心。

我們幾個一年級組了一支叫「The早稻田落榜生」的樂團，報名一場叫「能參加SUMMER SONIC嗎!?」的試鏡活動，獲勝的素人樂團可以參加SUMMER SONIC，所以我們把演奏我的原創曲的影片上傳YouTube，連結也分享到臉書和推特。不光是社團的人，學系朋友也幫忙分享，投票給我的樂團。每個人都稱讚我。好開心。

結果我們沒能參加SUMMER SONIC。我看到推特轉來的同一所大學的一年級演奏影片，水準差太多了。曲子好、歌聲和技巧也不是蓋的。吉他手主唱很帥，已經有一大堆粉絲了。我查了一下，主唱是東京人，明治大學內部高中升上來的。父親是知名吉他手。我覺得我這個平凡的鄉巴佬，沒一樣比得過人家。

社團我不怎麼去了。為了耍帥而抽的菸戒了。吉他也不彈了，去年搬家的時候丟掉了。我沒有多想地加入研究室，沒有多想地展開求職。沒有任何想做的事。公司說明會看到什麼就去參加。也沒為什麼，就是避開父親上班的銀行。

在電通的說明會，我遭遇到有如五雷轟頂的衝擊。位在汐留的電通巨大總公司大樓，偌大的廳堂裡人滿為患。一個穿連帽T的三十開外的員工是明治畢業生。他說他放棄音樂，沒有特別想做的事，未經思索地進了電通，結果成為文案人，拿了許多廣告獎。我得知我所知道的廣告詞也是這個人寫的。我覺得這裡就是我的歸宿。

「雖然沒能做出一番成就，但沒有一件事是浪費的。」他說，每個人都說他樣樣通樣樣鬆，好似什麼都難不倒，卻沒有一樣做得好，讓他焦慮無比。音樂活動也半途而廢了。「但每件事都讓我有所收穫，就是這些讓我在現在的工作上有所發揮。」我聽了都快哭了。

我一直覺得自己的人生就是一連串的毫無價值。因為我挑戰了各種事，卻沒有留下任何有價值的成果。但或許因為這樣，其實我在這段幾乎要把自己溺斃的時間裡，得到了某些有價值的事物。回顧我做過的一切，在在都是「表現」。這一次，我想要把它轉化成語言，感動別人。

我在報名表寫下我的一切。不知是因為怠惰還是運氣背，我許許多多的才華蘋果結果未能收穫。它們落到地上腐爛，成為肥料，這次一定會哺育出一顆碩大的蘋果。我真心如此相信。當時我並不知道，那名文案人是知名文案人的兒子，他自己說半途而廢的音樂活動，其實曾經商業出道。

我今年三十歲了。直到今天，我還是會想起說明會那天。我在回程的電車裡，莫名地感到救贖，其實還哭了一下。但我在書面審查就被刷下來了。我無法接受，寫了落落長的私訊到那名文案人的推特帳號。不管等上多少年，都沒有回音。我現在在壽險公司上班。第一年就被派到郡山的分店，去年回來東京了。

別說博報堂、ADK了，大廣和讀廣、連VECTOR還是Opt都沒上！我在郡山也無事可做，在家喝酒，在note寫短篇小說，但點閱數毫無成長。我在YouTube上傳了一支類似「前樂團成員的時尚偏鄉生活」的Vlog，很厲害喔，觀看次數有三次。其中一次是我看的。

總覺得停止書寫的瞬間，就會對往後的人生感到毫無價值與期待，所以我無法停止宛如自殘的創作活動。有個公開徵稿的文案獎項「宣傳會議獎」，素人也可以參加，我每年都會投稿。上次也投了一堆，可是從來沒有任何作品通過初審。

我打算把這次當成背水一戰。這次的評審委員就是那個文案人。我覺得要是通過，自己一定會哭出來，但要是被刷掉，應該連一滴眼淚都流不出來了。下班後，我直接跑去公司附近的羅多倫咖啡閉關，用特地新買的簽字筆，在特地新買的速寫本上，寫下一則又一則的文案，坐到末班電車時間，累積到截止日期前一刻，然後投出去。年關過去，三月了。初審結果發表日。星期五。我經過熟悉的羅多倫，直奔站前的文教堂，買了最新一期的《宣傳會議》，一刻都等不及，站在店門口就打開來，然而翻來覆去，就是找不到我的名字。我在車站把雜誌丟了。

如今回顧，當時的感覺是：終於結束了，什麼都不必寫了。那麼努力地搜索枯腸、心想是最後一次了，要寫出最棒的作品，卻什麼靈感都沒有。正確地說，是每次想到什麼，就反射性地對自己打回票，「這種句子沒有感動」，想要立刻拋開。別的不提，我製造過太多沒有價值的東西了，一看就知道有多爛了。

我把廣告相關書籍全部放上網拍賣掉了，也退光社群媒體上追蹤的廣告相關人士。尤其是那個文案人，光是看到就心情煩躁，直接封鎖了。note的帳號也刪除了。今天我打算逛一下出了哪些新的A片，早點睡覺。

# 烏尤尼鹽湖改變了我的人生（笑）

我以前去過烏尤尼鹽湖喔。高中的時候，寒假結束，班上有同學興奮地說「我去了烏尤尼鹽湖，改變了人生」，所以我勤奮地打工存錢，千辛萬苦終於去了烏尤尼鹽湖，那裡就像一大片水灘，看不到兩分鐘就膩了。我的人生毫無改變。

一下雨就冒出青草和泥土的氣味，住家旁邊的大空地變成一大片髒水窪。那塊空地不管經過多久，都沒有興建房子，甚至沒有變成停車場，宛如象徵著這個城鎮的未來。但高中學歷的父親和母親總是一臉滿足，不肯告訴我要怎麼做才能離開這裡。

我從校園風氣還算和平的公立國小國中，升上排名不怎麼樣的公立高中，在那裡認識了美咲。美咲是這一帶的地主千金，長得像母親，一張臉蛋很可愛，就像花栗鼠。說到鄉下地方的有錢人，不是醫生就是地主，但不像必須努力念書才能繼承家業的前者，美咲一出生就注定要過著輕鬆幸福的人生。

美咲是在高一寒假去烏尤尼鹽湖的，聽說是她父親在BS台的電視節目還是哪裡看到，拖著百般不願的妻女一起去。結果美咲說這趟旅程「改變了我的人生」。她一次又一次對我展示在湖前單手高舉的照片，動作就像《航海王》。

但過了一陣子，那股興奮似乎也退燒了，美咲再也不提烏尤尼鹽湖，變成只會討論松坂桃季演的電視劇的原本的她。大學入學考在即，這股熱潮再次發作了。「烏尤尼鹽湖改變了我的人生」。她為了慶應大學湘南藤澤校區的申請入學，開始寫起如此積極進取的自我推薦函。

美咲的父親似乎早早就厭倦了旅行，把失去揮霍用途的錢，全部拿去投注在女兒的申請入學對策補習班上。每到週末，美咲好像都會去東京的那家補習班，練習面試等等。可能是大量課金的成果，她順利通過申請。她在推特上多次以「＃春天開始就是湖南澤校區生」的標籤發文，努力結交故鄉以外的朋友。

這是烏尤尼鹽湖的保佑嗎？還是多虧了她的曾祖父據說趁著戰後混亂時局弄到的大量土地帶來的金錢力量？我不知道，但總而言之，她的命運顯然變得比這塊土地的其他人更要光明許多。我隨便進了當地一家私立大學，開著大發MOVE行駛在這處乏味鄉間般平坦的田梗路。

日子反覆過去，令人錯覺身陷無限迴圈。吃完母親做的荷包蛋、香腸配味噌湯的早餐，開著MOVE去大學，上課，開著MOVE去打工的居酒屋，端啤酒和炸雞塊，開MOVE回家。日復一日。只有味噌湯的料不一樣、重複到令人發瘋的日常。

當地朋友只會轉傳網路上的發錢文，只有美咲的推特貼文與眾不同。「現任女大生美咲不藏私大公開」。看看她縱橫YouTube和note的私生活片段，看來她並沒有乖乖去上好不容易申請上的大學，而是成天用父親的錢出國旅行。

即便如此，她的生活看起來還是十足幸福、成功。她的YouTube頻道有三萬訂閱。看看留言區，支持著這些訂閱數的，似乎是被她依然像花栗鼠般可愛的臉蛋和女大生身分吸引而來的落魄中年男子們。不過這個數字還是很了不起。我想像三萬個勃起的大叔一字排開的景象。

漸漸地，我看不下去她的推特，把她靜音了。不過某個喝個爛醉的日子，我悟出這說穿了就是對她的嫉妒，放聲大哭，當場上網預約了烏尤尼鹽湖旅程。我期待就像過去的她那樣，我的人生也會被那座湖泊的景觀給翻轉過來。

轉搭廉價航班，在廉價旅館木板般的床鋪過夜，好不容易抵達了烏尤尼鹽湖。鹽湖美不勝收，但也就只是美不勝收，眼角餘光瞥見似乎前來畢業旅行、正模仿《航海王》拍照的一群日本大學生，不到兩分鐘，我便開始想起無關緊要的瑣事來：回程又得千里迢迢哪。

回到故鄉，我的人生也沒有脫胎換骨的樣子，又回到開著MOVE從一個無聊前往另一個無聊的日子。但可以說，我的人生觀改變了。那是一種神清氣爽的豁達，我不再懷著無謂的期待，看著美咲那樣的人，心存會有什麼從天而降，改變我的人生了。

多美好的日常喜悅！為了晨間新聞的星座占卜排名開心，早餐偶爾出現特價的SCHAU ESSEN香腸就很開心，在加油站拿到鼻貴族濕紙巾贈品而開心，在打工的居酒屋被喝醉的大叔說長得像綾瀨遙而開心。日常變得宛如溫室栽培的草莓般閃閃發亮。

美咲的日常好像也變了。她說「要深刻面對原初體驗」，放棄訂閱數停止成長的YouTube頻道，開了一家線上旅行社。

「因為有那場烏尤尼鹽湖之旅，我才能成為真正的自己」、「要是沒有那場旅行，或許我會在空無一物的鄉下，渾渾噩噩地過日子」。她在note寫了沒有青草泥土味的感人文章。但是很可惜，這篇感人的文章所描繪的美好未來，被新冠疫情給毀了。美咲又回到YouTube，像綜藝節目三溫暖泳衣單元的影片增加了。

後來美咲把這個YouTube頻道也關了，進入澀谷一家酷炫的網路廣告公司，卻也很快就辭職，居然回到故鄉來了。「往後是在地時代」。她又在note寫了言情並茂的文章，但簡而言之，就是她在東京闖蕩失敗，因為不甘心，打算回故鄉東山再起。她的眼睛依然看著東京、看著世界。至少看在我眼裡如此。

她久違地聯絡我，我們約在站前的星巴克。她說在故鄉這裡，感覺就連星巴克都特別難喝。她穿著不知道是什麼牌子、看起來很貴的衣服。質料柔軟的那身服裝，看起來也像是她的防護衣。

她說要以不同的形式打入業界，成立了一家連繫都心與鄉下的體驗型網路旅行社，但一樣失敗了。這件事不僅是失敗，似乎還讓她感覺對都市人而言，地方根本不值得前往一遊，讓她的心徹底崩潰了。她把note也關了，安靜下來。

她悄悄地開了ＩＧ帳號。上面沒有新創企業積極進取的募資故事，也沒有請廚師來超高樓住家舉辦家庭派對的活動，她貼的圖文只有庭院開花的蒲公英、星巴克的新飲料。最近好像也交了個父母介紹的在地方銀行上班的男友。

我以前去過烏尤尼鹽湖喔。高中的時候，寒假結束，班上有同學興奮地說「我去了烏尤尼鹽湖，改變了人生」，那個女生後來上了慶應，不可一世，結果最後還不是回來這裡，現在只會聊星巴克的新飲料。很好笑吧？之前還嫌鄉下的星巴克難喝。

我嗎？我不一樣了啊。現在我已經能夠無條件地肯定自己了。我一點都不羨慕別人，看到想要往上爬的人，可以笑著心想：好拚喔。我就站在髒水窪裡，看著她漂亮的衣服和皮膚，一點一滴地被再也洗不掉的青草泥土味給滲透進去。

# 高圓寺的年輕人

欸，我到現在還是會想起跟妳一起吃的拉麵。我們三更半夜在高圓寺吃拉麵，結果錯過末班車了。那天妳就在我家過夜。雖然沒錢，但很幸福。妳怎麼會變了個人呢？怎麼會變成像港區女生一樣花錢如流水的女人、嫁給那種除了有錢以外一無是處的爛咖呢？

我們是在早稻田的文化構想系認識的。我們都把文構稱做「二文」，也就是第二文學系。我們聊過中上健次和柄谷行人呢。說在學期間出道的朝井遼作品「太商業化」，其實內心嫉妒得要死。一領到打工薪水，就跑去黃金街喝酒。妳也常來我高圓寺的租屋處呢。

那時候我們都覺得，實際上聰明，卻裝出不良分子、玩世不恭的態度，才叫做帥。就好像鄉下的乖寶寶們聚集在鄉下小混混看不到的地方，裝出小混混的樣子，想挽回失去的青春。我們無論何時，都只是反射著其他事物的反文化分子呢。

但妳不是鄉巴佬，妳不僅不是鄉巴佬，還是櫻蔭學園畢業的千金大小姐。妳說妳在櫻蔭一直感到憋屈。妳說東大落榜，重考太累，但只看分數去讀慶應，就好像成了那些進東大的同學劣化板，更讓人難忍，所以自詡叛逆，「刻意挑了早稲田二文」，在其中找到救贖。起初妳對文化並不感興趣呢。

但妳一眨眼就成了二文的次文化女。特立獨行，真的是一種癮呢。會覺得終於成了與眾不同的、只屬於自己的自己。而且聰明的妳，可以用比他們聰明為由，鄙視那些不知思考的假文青，真是讚透了。那時候的妳真是光采奪目啊。

妳甚至把我也當成一種記號消費。來自鄉下，被毒親養大，國小到高中都讀公立，重考兩年終於進入二文。領獎學金，揹學貸，打深夜工，參加人體實驗賺錢。書架上有上東京時從故鄉圖書館偷來的《阿基拉》漫畫。在心嚮往之的高圓寺，租榻榻米地板的木造老公寓。不曉得多少年沒洗的被子，妳替我洗了呢。妳愛的不是我，而是我的記號呢。

不過，這樣就好了。這是我第一次被愛。妳稱讚我窮兮兮的生活「好快樂」。對於在駒込的獨棟透天厝長大的妳而言，這就像是窮人家家酒遊戲。欸，我們在高圓寺三更半夜跑去吃拉麵對吧？記得一碗六百圓。就算沒錢也很幸福呢。那天妳在我住的地方過夜。我在那天拋棄了童貞。

我沒去過侯布雄的法式餐廳。說到西餐，頂多只吃過艾爾姆[6]。妳沒把餐具放回櫃台，被老闆罵了。不過為了慶祝妳找到工作，妳們全家一起去了侯布雄呢。吃了多少錢？不知道為什麼，妳沒有告訴我呢。妳靠著在財閥旗下公司擔任高層的父親關係，拿到了同一個財閥的地產商職位內定。

我求職失利了。我聊起次文化，說話就像機關槍，然而對此外的事，卻是完全失語。大學時代努力做過的，頂多就只有念念幾本書，其他就是喝酒。我坦白地寫下這些，私心期待這樣的叛逆反而會獲得肯定。我總是滿懷媚俗的居心，低俗地大唱反調。

妳開始和拿到內定的朋友喝酒廝混後，完全變了一個人。妳說過，跟他們在一起很舒服。因為財閥的房地產公司員工，都是些貴族子女。即使同樣都是早稻田，那邊的也是更高級的早稻田，像是政治經濟、國際教養系的。那夥人會說什麼《阿基拉》是必備教養、日本文化而去讀，但再也不會重讀第二遍。

妳開始去喝有樂町半島酒店的下午茶，也開始流連深夜惠比壽的飛鏢酒吧。妳聽嘻哈鬥牛梗，喝龍舌蘭SHOT。開始穿起SNIDEL那些牌子，還開始用起PAUL & JOE。我比較喜歡穿休閒服、頂著素顏談論肯．洛區的妳。

---

6 艾爾姆：早稻田大學附近一家餐館，深受早稻田學生喜愛，櫃台貼有店內用餐規定。現已歇業。

我急了。我很不安，就好像好不容易到手的愛，從我空洞的人生隙縫間不斷地流走。畢業典禮前一天，明明沒錢，我卻好面子預約了惠比壽的吧台小酒館，對妳說「我們結婚吧」。不用現在立刻，即使貧窮，我也想和妳在高圓寺幸福地過日子。我打開廉價婚戒的盒子，對妳這麼說呢。

我忘不了妳那嚇壞了的眼神。妳一直用手捂著嘴巴。我立刻醒悟，那隻手底下再也不會發出任何話語。我一個人從惠比壽回家了。太慘了。那段期間，妳的手機也收到一堆同屆朋友的LINE訊息呢。

我在回程晃過去的黃金街，認識了一家小出版社的人，成了朋友。我哭著說出和妳的事，對方覺得有趣，說如果我無處可去，就去他們出版社上班吧。咱們的業績還勉強養得你一個人。現在我已經搬到高圓寺有自動門鎖的地方了。雖然只是房租九萬的小套房。

我想說很久沒跟妳聯絡了，傳了LINE給妳，卻一直沒有已讀呢。我打電話去妳上班的地方找妳，卻被冷冷地拒絕「無可奉告」。結果！就在昨天！我在新宿的伊勢丹看到妳了。這一定是命運的指引。可是妳的身邊，跟了個陌生男人。

我找到妳的ＩＧ了。我就猜，變成那種港區女生模樣的妳，絕對至少會玩ＩＧ。從學系同學的帳號找，一下子就被我找到了。妳居然那麼不小心，沒有鎖起來。我知道，從今天十一點開始，妳要在皇宮酒店辦婚禮。

對方是誰，也兩三下就查到了。是妳上班的地方以前的同期，慶應畢業生呢。他辭掉鼎鼎大名的財閥房地產，開了家房產科技公司，生意似乎蒸蒸日上，還發了募資的新聞稿呢。我查了一下登記資料，好像住在芝浦的高塔住宅呢。一定很有錢吧。

搞屁啊。

有錢就會幸福嗎？穿阿基拉聯名款貴鬆鬆的連帽T，卻根本連阿基拉都沒讀過，跟這種人住在海邊的高塔住宅，快樂嗎？有錢就會幸福嗎？在一休訂位，吃昂貴的法餐，快樂嗎？有錢就會幸福嗎？那天妳在高圓寺的拉麵店的笑容，是假的嗎？

喂。

妳說話啊。

為什麼不已讀？難不成妳把我封鎖了？

算了。我現在正在去皇宮酒店的路上。我們很快就能見面了。久違地聊聊中上和柄谷吧。對朝井遼的嫉妒，咱們就心照不宣吧。其實他的作品我每一本都讀了。現在每到發薪日，我還是會去黃金街喝一杯。一起去吧。我帶妳去我高圓寺的住處。

好期待妳的婚紗裝扮。妳會露出什麼樣的表情呢？我就快到了，再等我一下。

# 打到大阪的電話

好久不見了。因為害羞，我就用語音留言了。我是來跟你道歉的。我誤會了你，誤會了大阪這座城市，任意討厭它。回到東京，在東京受傷之後，我終於醒悟了。你就像陌生阿姨給小朋友糖果那樣，給了我溫柔，讓我握在手心裡。

我在東京出生，因為父母工作的關係，國二舉家搬到大阪。轉學第一天，我用標準話向同學自我介紹，被笑「好像藝人」。班上的風雲人物永遠都是那些「搞笑咖」。我雖然成績好，卻說不出半句逗趣的話，在班上總是格格不入。

這座城市有許多河流。我每天從豐中的公寓經過神崎川，去淀川河畔的十三地區的公立高中上學。同學都很聰明，卻沒有人要去考東京的大學，都想考京都或大阪的學校。每個人都深愛這塊土地。這裡似乎不存在拋棄故鄉和老友，去東京闖蕩的選項。

這座城市河流遍布，皮膚總是宛如黏附著一層濕氣。還有與那種濕氣相似的、強加於人的善意，不經過濾、當頭潑上來的真心話。這座城市沒有所謂的客氣或社交距離。這裡的氛圍，與東京截然兩樣。這樣的氛圍，總是讓我幾乎窒息。

上了高中以後，我依舊無法融入。我大概是瞧不起大阪這個地方。像心齋橋，大街就像小時候和父母一起去的銀座或表參道，但拐進一條巷弄，就宛如地方的商店街，我覺得這座城市只是偽裝成大都會的大鄉下。

「要不要一起玩漫才[7]？」你攔住要去圖書館的我邀約。那是五月的一個雨天。你說，要在文化祭表演大阪話和標準話火花四射的新感覺漫才。我當然拒絕了。「那幫忙寫腳本就好！」我因為想要盡快擺脫你，不小心答應「好吧」。

7 漫才：一種傳統對口相聲表演，一人負責裝傻，一人負責吐槽。

我討厭你這個人。剛入學的過夜研習活動、後來班上的各種活動，你都向我攀談過。對我而言，你就像是大阪的邪惡象徵。你的個性陽光到近乎病態，總是班上的中心人物，只會大聲說些一點都不好笑的吐槽。在我看來，就只是強迫要大家笑而已。

沒人拜託，你卻把自己的善意強加在我身上。想要幫助總是落單的可憐同學、想要讓東京人接受大阪的幽默至上主義洗禮，是這類摻雜著侮蔑的善意。不管是你，還是邀我一起表演漫才的你這種行為，在我眼中都像是邪惡大阪的邪惡象徵。

令人驚訝的是，我輕輕鬆鬆完成了腳本，而且這樣說雖然就像老王賣瓜，但我覺得內容滿不賴的。我在你的推薦下，看了幾組藝人的漫才表演，加以分析，取樣並融合。經過這番工程，完成了「凶暴的飛毛腿樹獺逃出動物園的故事」這部怪作。

結果我被你說動，決定登上舞台。你在空教室、在河邊，閃亮著修成一條細線的眉毛底下的眼睛鍛鍊我。「……那隻樹獺用牠鋒利的鉤爪，撕裂御堂筋大道上的每一塊路牌，似乎正朝這裡逼近過來了！」大爆笑。文化祭這天，我第一次覺得自己被大阪接納了。

但我還是堅持說標準話，依然覺得大阪令人窒息，也相信東京才是自己的歸宿。我報考的全是東京的大學，但沒考上東大，滿足於保險填的慶應，入學就讀。上京那天，大阪街景流過「希望號」車窗外，激起一絲絲宛如鄉愁的情緒。

「你是關西來的吧？」我在社團迎新會去了搞笑研究社，似乎是慶應高中部直升上來的學長用清脆悅耳過了頭的標準話這樣笑我。「你的重音都濁掉了。」明明就鄉巴佬，還努力模仿標準話。他的眼神彷彿正這麼說。我覺得自己遭到那般嚮往的東京拒絕了。

我沒加入搞笑研究社，而是進了電影社。我的電影腳本似乎也寫得不錯，拍成電影的作品得了幾個獎。我得到廣告代理商的校友青睞，參加廣告企畫的實習工作，就這樣進入實習的公司上班，跨入廣告業界。

「與公司內外的溝通要再加強。」每次績效面談，我都被如此糾正。在應該是設計「溝通」的這個業界，這是根本不應該出現的指正。我無法寫出徹底勝過優秀同事的廣告案，也不得上司和大牌廣告人的歡心，我完全陷入停滯了。

如今回首，來到大阪以前，我在東京的學校也沒有像樣的朋友。在學校，我多半都是獨來獨往。父母會搬到大阪，也許是希望這是個好機會，能夠改變老師在聯絡簿提醒的這種社交問題。而事實上，多虧有你，我在高中交了幾個朋友。

我把目中無人的心性而導致的東京悲慘生活，就這樣直接帶到了大阪，卻歸咎於大阪這個環境，為自己開脫，總是一個人躲在圖書館看書。是你，把我從這種錯都在別人的無底深淵拉出來，甚至把我拉到了舞台上。

我在大學也沒能交到像樣的朋友，總是躲在吸菸室，抽著根本不喜歡的菸。在公司也是如此。孤獨與日俱增，整條整條買也趕不上消耗的速度、在辦公桌上高高疊起的黃色菸盒，就彷彿在諷刺自以為從那座孤獨的塔上傲視眾人、實際上受人嘲笑的自己。

最近我負責的廣播CM得了個小獎，今天在表參道的小表演廳舉辦了頒獎典禮。「請上台致詞」，我步上舞台，放眼望去，撞見對我毫無興趣地滑手機、啜啤酒的人們冰冷的眼神，我忽然想起了那天。

我瞧不起大阪，瞧不起你，回到東京以後，瞧不起寫得比自己爛，全靠溝通能力取得案子的人，至於寫得比我好又得獎的人，就視而不見，千方百計找理由，呵護自己嬌貴的自尊心，免得它受到傷害。如此的一再反覆，造就了我如今淒慘的現況。

站在頒獎典禮的台上，我終於理解了。你沒有絲毫邪念，而是出於純粹的善心，為了救出困局中的我，向我伸手。高中的同學們沒有嘲笑挑戰的我，以大笑鼓勵了我。大阪，就是這樣一個城市。

這裡是東京，你不在這裡，所以我只能以自己的力量去改變。最近我搬到了麻布十番。地方很小，但有河流。我在河邊深夜無人的公園裡，喝著超商買來的酒，忽然想起了你，所以撥了電話。不過電話正在通話中。

我不知道該怎麼做才好，但我想要再努力看看。因為實在很害羞，不用回我電話了。今天東京的櫻花開了。希望你也好好保重。

# 來自大阪的電話

好久不見了。因為害羞，我就用語音留言了。我是來跟你道歉的。我一直假裝明白你的苦、東京的苦，卻在心裡瞧不起你。我去到東京，在東京受了傷，總算明白了。你還在東京嗎？一切都好嗎？

我在上新庄出生長大，從十三地區的公立高中，考上豐中的國立大學，然後進入人資公司的大阪分公司。我幾乎沒踏出過大阪。我家做的章魚燒會放蒟蒻和起司。我喜歡的電視節目是新喜劇和偵探騎士大搜查。漫才的M－1大賽每年都會錄起來，一遍又一遍重看。我自信自己是個貨真價實的大阪人。

我一直覺得東京是個冰冷的城市。對我而言，你是第一個親近的東京人。看到你說標準話，我吐槽「你藝人啊？」卻被你無視了。過夜研習活動和其他各種活動，我好像都有找你說話，但你老是擺出厭煩的表情躲開我。你看起來就像在拒絕我、拒絕大阪這座城市。

東京之於我們，是只存在於電視裡的世界。它並不會讓我們感到自卑。留在大阪是天經地義，那些會去讀東京的大學，或是去東京工作的人，我都覺得他們一定有什麼特殊的理由，或只是單純無法融入大阪這個美好的地方，真可憐。

也許我是覺得，難得你來到大阪，要是變成這樣就太可憐了。同時或許我也是在無意識之中瞧不起你，覺得無法融入如此美好的地方，你或許有某些嚴重的問題。不過，我想我只是單純地想要幫你。我們每個大阪人的心中，都確實地住著一個塞糖果給陌生小朋友的歐巴桑。

我邀請你表演漫才，你當然極不樂意。但我死纏爛打，終於成功讓你答應寫腳本了。你的腳本非常棒，我覺得一定能以它獲勝，也覺得讓你來表演才有意義。結果你站上了舞台，結果你博得了眾人的爆笑。

我在「好會搞笑」的稱讚中長大。討論腳本時，你說「你們只是在大聲模仿〇．一％的天才，不知所云地彼此互笑罷了」。我心想，這什麼高高在上的評論，不過確實如此。我在舞台上面對觀眾的大爆笑，感覺到構成我人格核心的「好會搞笑」動搖了。

畢業後我留在大阪。我在豐中的國立大學毫不猶豫地參加了搞笑研究會。高學歷，又幽默，簡直天下無敵，對吧？但我的自信被打得落花流水。「你的吐槽，就只是班上的風雲人物拉大嗓門說話而已」。我每次都被這麼批評。就連那天的爆笑，也百分之百要歸功於你的腳本。

我連個獎都沾不上邊，至多就只是在文化祭的小舞台上博得自己人中等程度的笑聲，對搞笑的挑戰就這樣落幕了。我還是想繼續留在大阪，所以進了一家大型人資公司，申請在大阪分公司工作，實際上在大阪工作了四年左右。同事和客人也全是大阪人。

然後，我被命令調到東京總公司。這是我第一次去東京。我在大阪負責徵才廣告業務，中小企業老闆都說我很搞笑，很照顧我，業績也算是不錯。我有自信，我在東京一定也能做得很好。我的實力在東京也能通用。

就如同我在搞笑方面的挫敗，對自己優秀的自信，也一眨眼就潰敗了。東京有許多在大阪從來沒看過的優秀人才。也有公司學弟辭掉工作自行創業，再把新創的公司賣掉，買了高塔住宅和進口車。我在大阪應該是菁英，在東京卻成了墊底。

在東京待久了，就會看到太多比自己更厲害、更會賺錢的人。外資銀行、外資顧問、醫生、創業家。大阪也有「好野人」，但這些好野人大半都是繼承父母的土地或公司。而東京的有錢人，是白手起家，靠自己的努力才智贏得勝利。

看著這些人，為了業績未達標而每天被上司電爆，你覺得是何感受？只是走在路上，就看見六本木高級牛排館走出一群貌似大學生的短褲年輕人，自覺到無法跟他們一樣的自己的無能，苛責自己。我無時無刻不沉浸在悲慘的情緒裡。

有人說，大阪沒有顯擺的風氣。確實，自虐更能博得笑聲，而且大阪人最重搞笑。不過，這也許是因為在大阪，很少有「憑自己的力量獲得壓倒性成功的人」。因為會覺得別人顯擺，是一種看到什麼，任意自慚形穢的心理。

「業績這麼差，還能成天嘻嘻哈哈，真羨慕喔。」我跟態度有些權勢欺壓的上司很不對盤。他荒謬地批判，說什麼業績未達標的原因之一是我的大阪腔。我的心漸漸麻木了。

結果，不到兩年我就回去大阪分公司了。正確地說，是被東京總公司踢走了。接下來一年左右，我經常請假，結果業績當然更差，公司裡已經容不下我了。即使回到大阪，心愛的故鄉看起來也跟過去不同了。這是個在彼此迎合的濕度裡泡爛、淤積的城市。

我想過，或許在你眼中，大阪從一開始就是這副德性。就像每個人有每個人的苦，每座城市，也都有每座城市自己的苦。也許來自東京的你，在這座城市扛起了只有你才看得到的苦。

你回去東京以後，現在過得怎麼樣？但我還是喜歡自己的故鄉。這裡有我的家人、我的朋友，只要去到福島或天滿，也有提供自然酒的時髦酒吧。或許你終究無法喜歡這裡，但我打算往後也繼續在這裡過下去。

你得獎的廣播ＣＭ，客戶其實就是我們公司。我在公司報上久違地看到你的名字，嚇了一跳。只是，如果你是在做搞笑表演，我會更開心呢。所以，今天我因為喝醉了，在深夜無人的中之島散步道上，忽然想到打個電話給你。雖然你的電話正在通話中。

我不知道該怎麼做才好，但我想要再努力看看。因為實在很害羞，不用回我電話了。聽說今天東京的櫻花開了。希望你也好好保重。

# 媽，生日快樂

媽，五十四歲生日快樂。妳有沒有至少去永旺超市買個草莓奶油蛋糕？被丈夫拋棄、連個算得上朋友的朋友都沒有，女兒去東京讀大學，一次也沒回過家。妳被毀掉的淒慘人生，有透過徹底束縛我、吼我、強制填鴨教育，而恢復過來了嗎？

媽的不幸，是從爸的外遇開始的呢。妳歇斯底里地大吼大叫，抓起桌上我心愛的米奇馬克杯朝爸砸過去。我哭了起來，抱住爸爸。媽連這樣的我都罵，還大力打我的頭。

爸外遇的對象是稅理士還是行政書士，我忘記了，總之是當時很罕見、這年頭所謂的職業婦女。四年制大學畢業，開自己買的賓士，長得有點肉肉的。有一次我遠遠地看到她，心想媽還比較年輕漂亮。

我跟了媽。媽成了高中學歷、只有打雜程度的工作經驗、已經不年經的單親媽媽。媽開始去附近的居家賣場當計時人員。爸應該要支付的養育費漸漸沒了消息。我跟著沒學歷的媽，在破公寓裡過著沒錢的窮日子。

媽的感受，只有媽自己才懂，總之媽成了個教育媽媽。但我們家沒錢，所以媽拜託職場的計時人員同事，到處要來人家用過的參考書。幾乎沒寫過的嶄新參考書。總覺得好像人家賞的剩飯，好淒慘。

我去朋友家玩明星大亂鬥，回到家時，超過了門限的下午五點一點點，那天發生的事，妳還記得嗎？妳把我心愛的、拜託爸買給我的可愛的布丁狗墊板折爛，丟在垃圾桶裡，對吧？每次回想起那天的事，我到現在依然會一陣心驚肉跳。

妳真的就只會叫我念書呢。家裡沒有漫畫，也沒有電動，就連書，如果我去圖書館借了跟功課無關的書來讀，妳就會臭罵，把書沒收。上次我跟公司的人喝酒，醉後跑去買了全套的童書《偵探夢水清志郎系列》。好精采。好想在小時候就讀到。

不知道是我的努力有了回報，還是當地國立大學畢業的爸的基因好，我的成績順利進步。高中我考上當地最好的公立高中，大學也是，本來想挑戰東大，但因為不能重考，所以報考了御茶水女子大學，順利上榜了。

媽當時開心的樣子真的超誇張，不只逢人就提御茶女，甚至到處打電話向疏遠的親戚報告。我懷著莫名冰冷的情緒，看著妳那前所未見的雀躍神態與聲音，心想，這是拿我的青春換到的，她人生漫長寒冬的終結。

入學典禮當天。實際進大學一看，也有不少女生拎著看起來要價不菲的皮包。這是理所當然的。這可是多達數個世代的基因洗滌。三高——高學歷高收入高身高的上班族娶了美女，生下來的外貌出眾的三高上班族再娶了美女。東京知名的大學裡，這年頭已經沒有什麼窮學生了。校園裡全是好人家裡養出來的俊男美女。

御茶女全是些人生路上過得聰明順遂的女孩子。首先，她們家世良好。父親在三菱系列公司上班，母親的嗜好是烤糕點。每個人都學過鋼琴和芭蕾。從小就送進昂貴的補習班，用精心編排的全新教科書，進行高效學習。

不光是課業而已，每個人都從小就謳歌人生。有個同學說她曾是袋棍球的日本代表，有個同學說她的單篇漫畫登上過《少年JUMP》。每個人都認識一兩個DJ或樂團成員，常被招待上俱樂部或LIVE HOUSE。這部分也與我大相逕庭。因為，當她們像這樣在父母的理解和支援下，享受人生的時候，我一直關在破公寓裡埋頭苦讀。

我想參加社團，結果發生了可怕的事——我沒有任何想做的事！廢話，因為除了讀書以外，其他事我都毫無經驗。就連讀書，都不是自己選擇的。被交代的事，我可以做得很好，卻無法自己決定想做什麼。

今年我三十歲了。我現在是餐飲資訊網站的業務負責人。我並不是對餐飲有興趣。我在匯整網站還是什麼看到類似「就職難易度排行榜」的東西，那家公司在前幾名，所以我去應徵，這樣而已。待遇也不錯，我沒有不滿。

前陣子我不小心歇斯底里地痛罵轉職進來的廢物部下，辦公室陷入鴉雀無聲。我整個人失態，草草丟下道歉，衝進廁所。有時會發生這樣的事。這讓我感覺到，我的體內確實流著已經好幾年沒見的媽的血，頭皮發麻。

我想，媽把我當成她賭上這輩子雕塑完成的作品。進公司過了幾個月的時候，媽要求我每個月寄幾萬圓回家。站在她的角度，這天經地義。因為她不辭勞苦和金錢，甚至傾注愛情，想方設法總算讓可愛的笨女兒考上東京的國立大學了。

起初我也沒有多想，照著媽說著匯錢回家。對比大學剛畢業的薪水，這筆金額絕對不算小。幾年後，某天我忽然興起疑問：是誰的關係，讓我過著這樣的人生？我有學歷。我在知名企業上班。我這不算差的人生，到底是誰給的？

不管怎麼想，都是那個瘋狂的教育媽媽給的。我是個懶鬼。辦了健身房會員，每個月卻可能連一次都沒去。男女關係也很隨便，每天在Tinder物色比自己小的長相清秀的小鮮肉，前陣子被傳染了淋病。要是沒有媽，我的人生現在會是什麼樣？

我想像起可能成真的我另一段人生。成天打電動、看漫畫，根本不念書，進了當地的商業高中，跟棒球隊的男生交往，高中畢業就進去居家賣場上班，賣煤油景觀石，年紀輕輕就懷孕，小孩一個接一個生——光想就令人鬱卒。

我該對媽抱持著什麼樣的感情才好？想也想不出個所以然，而且每次只要想到媽，就讓我喘不過氣。我做個深呼吸，停止去想媽。從那個月開始，我沒通知就停止了匯款。媽打來一堆應該是抗議的電話，我設成拒接。

我已經好幾年沒回家了，當然也好幾年沒見到媽了。我只記得媽的生日。是節分第二天。每次在超商看到惠方卷的廣告，就覺得鬱悶。我唐突地想起我和媽哈哈笑著，朝戴廉價紙板鬼面具的父親丟豆子的場景[8]，立刻將它拋到腦後。

以前，我和Tinder認識的男生上床，喝得爛醉，不小心無套，隔天嚇得面無人色，逼男人給了兩萬圓，衝進婦產科。萬一懷孕了怎麼辦？那個時候我第一次想到這個問題，心想：絕對不能有小孩。因為不管怎麼想，我都不可能讓孩子幸福。

用小紙杯裡的水，一口氣吞下事後避孕藥。這奇跡的藥丸會殺死或許已經存在的我的孩子，以及我的不幸。拿我填補人生空虛的母親，與繼承了母親空虛的我。有時我會想像，沒有一件事是自己決定的這段人生，某個早晨醒來一看，已經自己結束了。

8 在日本，立春前一天的節分，習俗上會撒豆子驅鬼，並食用長條壽司捲「惠方卷」來祈求好運。

# Wakatte 即將結束服務

如同標題，敝公司經營的連繫求職生與新進員工的校友訪問配對服務「Wakatte」，本月底即將結束服務。對客位客戶、股東，以及用戶和支持我們的朋友造成不便，在此致上深切的歉意。辜負各位的期待，我們深感抱歉。

我想把這個部落格當成我的敗戰回顧，向各位說明為何我會成立「Wakatte」？成立後發生了什麼事？往後將何去何從？同時也想藉此整理一下自己的心境。

**〇為何設立「Wakatte」？**

這與身為公司代表的我自身的原初體驗密不可分。請容我自述一下身世。我在新幹線三島站一帶出生長大。那裡是個好地方，但我生長的家庭環境，怎麼樣都稱不上好。

我父親原本在當地銀行上班，某天突發其想，自己創業了。父親有個朋友，慫恿說：「我沒有錢，但我有創意，也有自信。」那個朋友開了家進口代理歐洲嬰兒車的公司。父親在當銀行員的時候，總是加班到很晚，也許是因為把孩子都丟給母親帶，讓他心懷愧疚，出於彌補的心態才會想要創業。或者單純是他對家人的愛，希望讓一家子過上比現在更好的生活。

結果事業一敗塗地。

如今回顧，我父親應該也不是適合創業的人。他認真勤奮，但不是能夠在唯利是圖、錙銖必較的商業世界存活下去的人。

父親出資很多錢，以結果來說，那些錢全部丟進水溝裡了。銀行工作已經辭了，所以家裡沒錢，往後也沒有收入，陰暗的絕望籠罩了整個家。父親開始找工作，但這樣的鄉下地方不可能有什麼職缺。父親似乎受到排擠了。因為在這樣的鄉下地方，沒有人會拋棄上班族穩定的收入，跑去做莫名其妙的生意，結果搞到血本無歸。父親好不容易在遠離住家的一家小物流公司辦公室找到會計工作，但薪水只有銀行員時代的一半左右。

所以母親也出去工作了。去住家附近的批發超市上班。我們一家無法維持過往的生活水準，搬到新幹線沿線的廉價公寓。每當「希望號」穿過鎮上，驚人的聲勢就透過薄窗震撼屋子。牆壁還會細微地震顫不止。

我幾乎天天配著那聲音，吃著母親從職場買回家的特價義大利麵淋同樣特價的卡波納拉醬。點心是蜜柑。母親的親戚送了好幾箱來。冬天我每天都吃蜜柑，吃到手都變成黃色，在班上被取笑。

在如此艱難的日子裡，母親臉上依然掛著笑容。應該是勉強擠出來的笑。父親還在銀行上班的時候，我們全家在黃金週去箱根旅行，年紀還小的我把剛買的巧克力霜淇淋掉到地上，哇哇大哭。

「難過的時候，也要保持開朗！」母親開朗地這麼說，跪下來把手搭在我的雙肩，看著我的眼睛，咧嘴而笑。我也哭哭啼啼地努力咧出笑容。父親買了新的霜淇淋給我。這次他買了巧克力和香草雙口味。我也停止了哭泣，破涕為笑了。

母親就彷彿緊抓著那些美好的回憶，即使身在那棟公寓新幹線的噪音裡，仍笑咪咪地露齒微笑。她的牙齒黃得詭異。某天我心血來潮，站在鏡前咧嘴看牙齒。跟母親一樣，一口黃板牙。從那天開始，我覺得露齒笑很丟臉。

我從當地的公立高中，考上靜岡市內水準中等的國立大學。我一直隱約有著想要創業的念頭。也許是想要替父親報仇雪恨，或是讓母親輕鬆一些。父親在我讀高中的時候，可能是因為過勞，四十五左右就生病過世了。母親為了支撐變得更窮困的家庭、為了不讓我放棄升大學，每天從早工作到晚。

不過最重要的是，當時學生創業的風潮方興未艾，而且不久前新聞才剛盛大報導「前繭居族創業家以史上最年輕的年紀在JASDAQ上市」。或許想要依靠創業扭轉人生的想法，從我高中的時候，就在那棟公寓的生活裡隱隱沸騰了。

我讀的大學很小，而且創業熱潮也傳進了這所鄉下大學，所以我在社群網站mixi的大學同屆群一招募，就找到一個跟我一樣想創業的同學了。他以前是足球社的，似乎喜歡「世界足球競賽」電玩。他朋友幫他寫了很多介紹文，像是「聰明人又好！」「帥哥」「快點開同學會吧！」。我直覺地感到他與我是不同世界的人，或者，說我們不可能變成好朋友。

我還找到了一個自稱會寫程式的同學。我們三個在學校餐廳討論了許多次，我做了許多調查，提出許多提案，但終究沒能想出一個商業計畫。感覺他們兩個都缺乏主體性，或者說不夠拚。我問了他們住哪裡，父親的職業是什麼，他們兩個都來自市內家境不差——甚至是相當不錯的家庭。他們似乎在許多的愛情和金錢灌注下成長。他們的眼睛是那種充足的人清澈的過度閃亮。是對世界有著理所當然期待的眼神。我覺得他們用那種眼神瞧不起我。

他們兩個似乎都把我當成沒能力、空有熱情的難搞傢伙。討論的時候，也經常面露賊笑，看著口沫橫飛的我。兩人說「不好意思，這次可能就是沒緣份」，創業的事就此無疾而終，我又成了一個人。

後來他們兩個共同創業了。撇下我，自己創業了。服務內容是當時流行的策展媒體，成長迅速。雖然創業資金不高，但似乎是他們的父母無息借給他們的。他們籌到了上千萬圓規模的資金。因為是當時難得一見的來自鄉下的新創公司，一時蔚為話題。

某天，我從家裡花上快兩小時搭電車上學，走到大學正門累得像狗的時候，遇到穿著同款T恤的他們倆，雙手環抱在胸前，正在拍攝訪談還是什麼的照片。我覺得尷尬，低頭看底下經過，免得被他們發現。「很讚喔！拿出成功人士的氣勢來！」攝影師的玩笑話，兩人誇張的笑聲。我只是緊盯著從高中穿到現在的舊鞋子。

我放棄創業了。明明什麼都還沒開始，我卻覺得被批判自己沒有才華、沒有價值。我覺得淒慘到了極點。要是再次經歷這種感受，我一定會崩潰。

升上大三，我開始進行求職活動。我打算至少要進入好公司。我只看東京的大公司。我讀的只是網路上戲稱為地方車站便當大學的三流大學。不知道是不是學歷濾鏡的關係，我覺得很難得到公司說明會的機會。我們大學沒有「好公司」的校友。即使鼓起勇氣，拜託各家公司負責錄取歷屆畢業生的人資「可以介紹敝校校友嗎？」也被找理由拒絕。這是想當然爾。我只是從來沒有校友被錄取的無名鄉下大學、沒有特出之處的普通大學生，對方沒理由對我好。連實習機會都沒幾個。

我乘上「回聲號」去了東京。一次又一次。穿著明明量過才買、尺寸卻不合的鬆垮垮求職西裝，提著素到不行的單薄公事包。即使好不容易得到參加說明會的機會，聽到的也是「謝謝分享寶貴的經歷。我是慶應義塾經濟系的……」憂鬱。「校友拜訪是私人介紹制，請拜訪員工訪問會，員工會在個人網頁上開放申請。」憂鬱。自從被那兩名同學排擠後，原本就不擅長的人際關係讓我更加畏縮，我也沒有可以傾吐煩惱的朋友。憂鬱。

列車穿出隧道，外頭是冬季陰天。微亮的世界。「下一站熱海」、「下一站小田原」、「下一站新橫濱」、「下一站品川」。被扔進雜沓人潮。噪音中絕望的孤獨。你說的東西不值得聽，你也不夠格聽我們的東西。我覺得朝臉色蒼白拖沓前行的我瞥上一眼又別開頭去的路人，每一個都在這麼說。

聯合說明會的會場，是御台場的一座大表演廳，那天不曉得為什麼，光是抵達那裡，就讓我整個人累癱，癱坐在表演廳中央的長椅上，再也動彈不得。求職生來來往往。我心想，他們每一個一定都會過上比我更好的人生。總覺得可笑起來了。

這時，一群穿扮異樣休閒的人橫越眼前。原色連帽衣、運動鞋。他們以一身漆黑的求職生為背景，看起來宛如宗教畫裡的聖人。

好像是隔壁的表演廳正在舉辦新創企業的活動。或許其實需要預約或受邀，但我就像被吸進去一樣，默默跟了進去。那裡充斥著不同於聯合說明會的另一種熱情，灌注到我空洞的內心。

正中央最醒目的地方搭了舞台，一樣穿連帽衣運動鞋的人們抱著手臂、翹著二郎腿說話。

似乎是創業投資，所謂ＶＣ的談話單元。我在嚮往創業的時期做過功課，所以知道，就是對新創企業的投資家。單元似乎快結束了，各人正在依序做最後致詞。大冬天的卻穿著白Ｔ、年紀與我相仿的男子最後接下麥克風。

「我不擅長落落長的致詞耶（眾人爆笑），嗳，總之，你們裡面如果有人有創業的點子，我很想瞭解一下，我會待在這附近，你們就當做是在幫我，來找我聊聊吧（眾人隨意喝采，掌聲）。」

那就是他。

大學時期撇下我一個人跑去創業的他，就在那裡。不是工程師的、擔任他們創立的公司的ＣＥＯ的那個他。

他在策展媒體整個業界由於內容粗劣，引發抨擊風暴的前夕，把公司賣給了出版社。時機再完美不過。他從大學退學，不知道是不是因為原本待的圈子化成一片焦土，他下一個挑戰的場域是ＶＣ。「不只是出場經驗，還有接下來身為天使投資人的經驗」、「以創業家的觀點，陪伴創業家一同奔跑」。他隸屬的VC官網配上如此打動人心的字句，刊登著他在黑白照裡交環手臂、沉靜但散發十足自信地對著攝影師微笑的照片。至於另一名工程師，他去了一家以高薪聞名的外資IT企業實習，似乎在網路上被吹捧為「天才學生工程師」。

主持人進行閉幕致詞，又一陣盛大的掌聲後，他披上放在腳邊、成套的深藍色外套，真的就交抱著手臂，站在舞台旁邊。就在我附近。我衝動地站了起來。

他看到我，一臉錯愕地愣住了，我也怔住，在這個充斥著歡快的活力與對話的會場，彷彿只有我們兩人之間的時間靜止了。

「創業是手段，重要的是，最後想要達成什麼。」他在剛才的談話中這樣說。我想要達成什麼？發僵的腦袋緩慢地動了起來，我擠出聲音，說：

「我想要創業，讓母親輕鬆。」

他一臉被殺個措手不及，但隨即咧嘴一笑。應該花了很多錢美白的那口白牙刺痛了我的眼睛。他給了我名片，說：「短講資料整理好的話，就寄到這裡，我一定會看。」他露出面對初識的人那種公事公辦的笑容，就彷彿他和我之間從未發生過任何事。他立刻又開始跟別的年輕人說話。那張笑容就像在說，現在大獲成功的他，確實擁有將我和他之間的往事一筆勾銷的權利。

我木立在原地。心臟這才開始怦怦跳起來。知覺變得過敏，周圍的聲音、年輕人充滿自信與期待的那些笑聲，就像通過那棟破公寓旁的新幹線，聽起來極度刺耳，幾乎震破鼓膜。突兀的求職西裝。單薄過大的求職西裝。又要展開的憂鬱日子。無視沒有價值的我的大人們——這就叫做「福至心靈」嗎？這瞬間，盤旋在腦中的種種憂鬱和其他事務連結在一起，我想到了創業點子和「Wakatte[9]」這個可笑的名稱。

這就是我創立連繫年輕社會人士與求職生的校友訪問配對服務「Wakatte」的經緯，也是一切的原初體驗。

大人們不把就讀鄉下不起眼大學的不起眼大學生放在眼裡。我不是基於這種怨對他人的他責思考而決定創立這種服務的。我希望和我有相同遭遇的大學生少一個是一個。我想要提供所有的大學生平等的機會，讓他們和那天我與他重逢那樣，得到改變某人命運的邂逅。我一次又一次告訴自己，我是出於如此純粹的初心。

原來是這樣？我理解各位覺得落空的感受。不過對我而言，走到這一步的一切，都是我的原初體驗。只要有任何一個要素不同，就不會有今天了。無論好壞。

## ○設立「Wakatte」之後，發生了什麼事？

「下一站熱海」、「下一站小田原」、「下一站新橫濱」、「下一站品川」。我

---

9 Wakatte在日文中，有「請瞭解我」（わかって／wakatte）的意思，同時也與「年輕員工」（若手／わかて／wakate）發音相近。

現在依然會想起大學畢業後的四月上京那天的「回聲號」。先前看起來那般陰鬱的景色，現在卻是截然不同。遠方山坡的櫻花若隱若現。天空一片通透，好像拋出一顆石頭，就能直接飛到外太空。大海也波光粼粼，宛如在微笑。我在住處附近的UNIQLO買了一堆白T。這天也穿著白T。沒有一絲污漬的純白。懷抱著不安，以及一丁點的希望。

「『Wakatte』想要實現的，是順暢連結學生與新進員工的社會。一個彼此瞭解、心意互通的社會。」

我從他的VC，在種子輪籌到了一千萬圓左右。他說要創業的話，住在東京比較好，因此我搬到荏原中延的小套房裡。資本額一圓的公司「Wakatte」把這裡登記為公司地址起步，很慶幸地廉價雇用到對願景感到共鳴的優秀學生工程師及學生設計師，很快就推出了服務。緊接著，「Wakatte」在求職生當中爆紅，利用人數和利用企業數都順利成長。很快就追加了收費功能，雖然不多，但也開始有了現金收入。

他無論何時都是個好導師。他在新創的村子裡悠遊自在，儼然年輕新創家的頭面人物。知名經營者也很照顧他，似乎常帶他去西麻布一帶喝酒。他好像總是喝龍舌蘭酒喝到宿醉。他要我拓展人脈，帶我參加各種酒局。有一次我學他喝龍舌蘭酒，馬上就吐了。喉間殘留著古怪的苦澀和酸味，齒間則留下不快的粗礪感。我在店裡昏暗的廁所洗臉台，不自覺地咧嘴一笑。鏡子裡是一口凌亂的黃板牙。

「現在是即使勉強，也要擴大公司規模和變化的時期。」他經常這麼說，也幫忙出資必要的追加費用。「銷售和工程師都應該再增加，種子輪之後的階段，也最好接受其他熟悉的VC出資。」由於他如此表示，我為了下一輪的募資，見了幾個VC。VC輕而易舉地找到了，容易得讓人驚訝。

「經營校友訪問配對服務『Wakatte』的公司Wakatte實施總額六千萬圓的募資，強化徵才，成長加速」。我的公司發出自信十足的新聞稿。公司的五名成員一起拍了合照。我站在正中間。員工數目陸續成長，辦公室也從五反田搬到澀谷。雖然是接收別人搬走的辦公室，但空間寬敞，採光明亮。我的公司踏實地逐步成長。

「那個時候沒有找你，真是做錯了。」酒局上只剩下兩人獨處時，似乎大醉的他突然向我道歉說。接著他淡淡地說，現在我的公司是極具吸引力的投資標的，包括知名的ＶＣ在內，業界每個人都在關注，然後說不管發生任何事，他都一定會支持我的公司。可能是說到這份上，感到害羞，他為了掩飾害臊，咧嘴一笑。我也咧嘴一笑。總覺得過去橫亙在兩人之間的芥蒂，多少消融了一些。

公司也順利進入第三期。在推廣上原本感到擔憂的收費新功能，也獲得超出預期的採用，經營狀況也多少變得穩固了些。

就在這時候，發生了最令人害怕的狀況。每次募資時都會被指出，而我自己也最清楚的事業風險，直截了當的說，就是男性用戶的性暴力。

譬如說，有個鄉下的女大生。她就讀的不是錄取成績或知名度特別好的大學，但她積極進取，以進入只錄取東大、早稻田、慶應等一流大學學生的一流企業，成為儲備幹部為目標。當然，她讀的大學沒有任何在一流企業上班的校友。但是只要在「Wakatte」搜尋，就有許多閃亮亮的知名大學畢業、在閃亮亮一流企業上班的閃亮亮新進員工。奇妙的是——不，其實我們也都很清楚理由——會加入「Wakatte」的年輕社會人士，全是男的。

與我的原初體驗或官網上寫的崇高理念相反，到頭來，我的服務呈現出來的樣貌，就是想認識女大生的年輕男性社會人士，以及明知道對方的不軌意圖，仍想要進行校友訪問的求職女大生的配對服務。但也因為如此，服務使用人數才會成長。我、公司員工，以及投資家們，都對這不利的事實視而不見。然後這個事實，終於以最糟糕的形式被揭露給世人了。

——警視廳於四日宣布逮捕XX公司員工嫌犯XX（二十四歲），嫌疑為灌醉正在求職的二十多歲女大生，性侵對方。經調查，雙方是透過媒合學生與社會人士，進行所謂「校友訪問」的服務而認識。嫌犯XX在警方偵訊中辯稱雙方情投意合……

晴天霹靂。員工和投資家都是看到新聞才知道。但我十分冷靜，心想：這一天終於到了。我大概早就心知肚明，遲早會發生這種事。

終結的開始。我四處拜訪投資家和金融機關，說明目前的因應方式以及往後的服務規畫。每個人都暴跳如雷。這是當然的。每次募資，我都意氣風發地發出新聞稿，上面提到的出資者立刻被公開在網路上，成為千夫所指的對象。有人說要立刻撤回資金，也有員工說要馬上辭職。

原本對我那麼好的業界前輩們完全斷絕聯絡。我打的電話沒有人要接。我為了滅火四處奔忙，深夜回到家，硬是灌下根本不喜歡喝的酒，嘔吐了。喉間殘留著古怪的苦澀與酸味，齒間則留下不快的粗礪感。也許這麼做，讓我覺得懲罰了自己，得到一點寬宥。

上午醒來一看，手機有幾十通未接來電。我拖著不只是宿醉，根本還泡在酒精裡的身體前往辦公室。辦公室裡沒幾個人，一片沉默，地板不知為何，掉著一個插著吸管、形狀凹陷的超商飲料空紙盒。每個人都對它視若無睹，沒有人撿去丟掉。我連撿起它的力氣都沒有，直盯著它，就只是木立在原地。

落實安全措施、服務設計大幅變更、研究轉換方向及新服務的可能性等，我們誠摯的應對獲得幾乎所有的投資家肯定，感覺應該可以避免遭到撤資的結果。經營陣容真誠的說服，讓相當數量的員工願意回到公司。雖然步調緩慢，但公司的氣氛逐步恢復事發以前了。

但只有他，應該是個好導師的他不同。他突然翻臉不認人了。我想找他討論，但電話和LINE都沒有回覆，然後某一天，我突然收到他的書面通知，要求立刻還清全部的出資額。

他帶著律師闖進公司，在會議室拍桌逼迫：「公司付不出來的話，你是代表，你拿出誠意來！」他的創投是最大的出資者。若是同意他的要求，甚至有可能造成周轉不靈。反過來說，他已經準備放棄我的公司、放棄我了。

「那個時候沒有找你，真是做對了。」名為討論的、用來擊垮我的心的漫長會議尾聲，他用只有我聽得到的音量悄聲喃喃。

我撐不下去了。

**○往後要怎麼做？**

坦白說，我還沒有做出任何決定。

這還用說嗎？

我什麼都不願意思考，什麼都不想看，什麼都不想做。後來幾個月過去了？就連關掉失去事業的公司這項最後的工作，我都沒有力氣去完成，被人咒罵不負責任，關在港南運河邊的小租屋處，日復一日，就只是盯著天花板。我好幾天沒洗澡了。今天是星期幾？下午兩點。秋初。一下就快轉為暮色的陽光射入房間，溫柔地映照出我的無能。我想起因為我的無能而受到傷害的受害人，感到全身失去了溫度。想要立刻消失的想法填滿了整顆腦袋。

現在，我在新幹線的自由座寫著這篇部落格。回聲號。窗邊座。「下一站新橫濱」、「下一站小田原」、「下一站熱海」。我啜了一口變涼的咖啡，卻連嚥下去都懶，一直含在口裡。感覺那漆黑的色素徐徐滲透牙齒。

我有股莫名的安心，覺得終於能回歸原本的自我了。是先前太不對勁了。被別人慫恿，期待起自己，登上不配的舞台，最後因為自己的無能，從舞台上跌落。換句話說，我複製了父親的錯誤。真是個不孝子啊。「下一站三島。」不過這並非淪落，其實只是回到原點而已。

「很讚喔！拿出成功人士的氣勢來！」為了更上相一點，那起事件的前一天，我跑去做牙齒美白。我潔白的牙齒黏附著似乎是今早的嘔吐物裡的酸還是鹼，莫名粗礪。我的牙齒恐怕又會日復一日嚼著煮到軟爛的廉價義大利麵配卡波納拉醬，嚼著放太久快爛掉的甜得異常的蜜柑，逐漸變回過去那種黃板牙。

我覺得好笑起來，一口嚥下咖啡，咧嘴而笑。「難過的時候也要笑，心情就會變得開朗喔！」我忽地想起母親這句話。乾燥的口中發出黏答答的聲響。落在潔白無瑕的白T上的冰冷燦白陽光，在列車駛入隧道的瞬間被截斷消失了。

# 吾輩名叫可可

吾輩是貓，名叫可可，是用七十萬圓買來的曼赤肯貓，住在芝浦距離車站徒步十二分鐘房租九萬圓的套房。這裡很狹窄，又充斥著海潮味，但我沒有不滿。飼主也是，只要有吾輩陪伴，對人生就沒有不滿。目前還沒有。

吾輩的飼主美幸是個三十歲的女生。她是櫪木人，慶應畢業，現在在人資公司上班。她把在六本木寵物店裡喵喵叫的吾輩從狹窄的展示櫃裡抱出來，緊緊擁在懷裡，溫柔地撫摸。後來美幸也都在芝浦的公寓溫暖的窗邊，總是緊緊抱著吾輩，溫柔撫摸。然後一邊摸著吾輩，有時喝了酒迷迷茫茫，對著吾輩說話。美幸看起來很幸福，卻不知為何，老是說一些憂鬱的事。

——美幸，發音是MIYUKI。母親幫我取這個名字，是希望我長大後變成美麗的女孩。在甚至沒有外貌至上主義這個詞、惡意透明的時代裡，生長在北關東這個地方都市、高中畢業後在市公所當行政的母親，應該是相信唯有「美貌」，才能讓我得到幸福。

然而母親的心願沒有實現，我並不是一個美麗的女孩。本來就像父親的細小單眼皮眼睛，配上牛奶瓶底般的厚眼鏡，看上去就像松果一樣。雖然我不曾因為外表遭到霸凌，但至少在學校不曾感覺到幸福。

不過相反地，我成績很好。考試總是一百分。我從住家附近的公立國中考上當地首屈一指的公立高中。在進研和駿台這些補習班的模擬考，成績總是好得驚人，這讓我第一次感受到自己的人生是有價值的。最後雖然沒有考上早稻田法律系，但我在考上的中央法律系和慶應經濟系猶豫，選擇了後者。

我就是不太喜歡慶應。考試那天下雪，我穿得臃腫，免得感冒。我穿了圓滾滾的褐色羽絨衣，配上毛絨絨的黑色休閒衫。走進考試會場的日吉校區教室，入口附近的座位坐著一個超漂亮的女生。膚色白皙，留著一頭漂亮的長髮，穿了件可愛的輕飄飄綠色連身洋裝。她瞥了我一眼，目光立刻回到參考書上。我覺得她在說我走錯地方了，總覺得好丟臉。

入學典禮後，有分班進行的認識校園活動。一走進日吉校區的教室，門口附近的座位坐著一個超漂亮的女生。很眼熟。是那天穿綠色連身洋裝的女生。我們好像變同班了。她穿著領子形狀與眾不同、布料看起來很貴的灰色套裝。我穿的是母親在故鄉幫我買的單薄的黑色套裝。分發學生證的時候，每個人都被叫到名字。她的名字也叫美幸。

我們選修的第二外語不一樣，而且她加入啦啦隊，幸好我們碰面的機會很少。我加入一個小網球社團，幾乎天天在日吉或澀谷舉辦的酒局啜飲黑醋栗柳橙汁。網球社有許多來自鄉下的女生，男生也是，慶應內部生頂多只有埼玉的志木高中來的，所以沒有感受到太多事前想像的慶應的窒悶。

然而即使不願意，還是會聽到那個女生的事。她家在白金高輪，父親在貿易公司上班。她來自知名的千金小姐學校。雖然一下子就退出啦啦隊了，但好像還是跟啦啦隊認識的體育會內部生有聯絡，總是跟穿著高領學生服的壯漢們混在一起。她還登上雜誌類似「校園偶像」的報導。不管什麼時候看到她，都是大美女一個。

我渾渾噩噩地過著日子，轉到三田校區，在隨便加入的經濟法律相關研究室，隨便做做報告摘要，然後求職活動就開始了。我沒有特別想做的工作。想到應該要寫求職申請書，卻沒有東西可寫，我陷入驚愕。這是當然的。這大學三年，我就只是呆呆地喝著黑醋栗柳橙汁打發日子而已。

我一直以為自己很聰明，結果是太高估了自己。我總是得卯足全力，才能勉強跟上課程。成績全是B。「個體經濟學的考試我隨便寫寫，結果就拿了A，教授還寫信邀我進他的研究室哩（笑）」。慶應高中升上來的眼鏡男在大學餐廳神氣兮兮地誇口說。我的成績只有B，從來沒收過老師的邀請信。我的自信就像那天的雪，染成褐色融化了。

「我在社團擔任迎新招生負責人。我遇到兩個問題，首先是新生對社團沒什麼興趣，再來就是他們即使參加了迎新活動，也不會留下來加入。我認為主要的原因，前者是宣傳不夠努力，後者則是應該要以更多元的方式宣傳社團、還有社團的魅力。於是我……」

搶先展開的巨型新創公司的面試裡，我拚命地背誦內容空洞的在校經歷，爛到家的是，我旁邊坐的是另一個美幸。「咦，同一所大學，同一個學系，還同名啊（笑）」「是的，其實我們還同班（笑）。真的嚇一大跳（笑）」

「我對於『傳遞』這件事很感興趣，我曾在新創企業負責創設及經營新的網路媒體，全力以赴。我本身以前參加過啦啦隊，也上過主播學校，其中一貫的信念，都是想要『傳遞』。我因為父母工作的關係，在外國出生長大……」

好想死。所有的一切都是雲泥之差。不管是出生、成長、認識的人、得到的機會，都是。確實，或許她也付出了努力。但不光是努力而已。她的實習機會，是體育會的人脈介紹給她的，這全歸功於她的天生麗質，而她之所以天生麗質，八成也是因為她在貿易公司上班的父親娶了美麗的母親吧。

父母給予的與生俱來的美，毫無疑問，就是她幸福的泉源。美幸。她才適合這個名字。面對她，我羞於報上這個名字。好想把它丟掉。即使如此，往後我仍必須以美幸這個身分活下去。

畢業典禮。我和社團朋友在圖書館前面的福澤諭吉像那裡拍照。不知道為什麼，我在校園裡的愛爾蘭式酒吧，喝了應該是學生時代最後一杯黑醋栗柳橙汁。我進了唯一被錄取的通訊公司。

這天，我在各班的畢業證書頒發上遇到了那個美幸。我們沒有交談。對方好像根本不記得我。「我男友很煩，叫我結婚以後就辭掉工作，專心當家庭主婦（笑）」。她和好像參加過選美的朋友開心聊天。她好像要去消費財外資廠商做市場行銷。從啦啦隊時代就在交往的美式足球隊男友，好像要進去貿易公司。兩人好像很快就會結婚。

業務工作很辛苦。我出於惰性，繼續住在武藏小杉，但太常太晚下班，只能搭計程車回家，所以很快就搬家了。為了方便前往品川的總公司通勤，我挑選了芝浦的一間小套房，房租九萬。衛浴很小。看不到海，卻有海潮味。回家就直接睡覺，頂多去超商買個酒，邊喝邊看深夜節目，所以沒什麼特別的不滿。

工作滿檔、但算是充實的日子，卻被潑上了雪般的冰水。原因還是那個美幸。一則使用動畫角色頭像的低俗推特貼文爆紅了。「來看看得到一切的完美勝利者喔ｗｗｗ」。貼文附上了一名漂亮女生的ＩＧ截圖。是那個美幸。截圖上是穿著純白婚紗的她，和他穿著燕尾服的丈夫，那個貿易公司男。在丸之內仲通大道拍的，美麗的婚紗照。

已經遺忘的自卑感，又被她潑上來的冷水給點燃了。一氧化碳充斥心房。我出社會第二年，沒有男友，也從來沒交過男友。我想母親心目中的「幸福」，一定就是我結婚，然後生下她的孫子。我希望至少為母親實現這個心願，衝動地下載了約會ＡＰＰ。

我把每個星期六當成約會日。沒多久，星期天也成了約會日。全是些垃圾男。不對，是我太垃圾了。他們只是想要用射精來填補把寶貴的假日浪費在醜八怪身上的損失而已。下雨也是我的錯。我的人生總是在下雨。總是快感冒。

沒多久，我交到男友了。早稻田畢業，在八重洲知名的獵人頭公司上班。臉不是我的菜，穿搭也有點老氣，很土，可是跟他在一起很快樂。我們聊工作聊得很痛快。他對我很好，會稱讚我，說他總是很尊敬我的聰慧，還有我努力工作的勤奮。我覺得我的人生第一次遇到了願意接納我的人。

交往第三個月，住在八丁堀一帶的他突然說要搬到埼玉的三鄉。應該說，他已經租好二房二廳的房子了。他說那地方離老家近，很不錯，房仲好像也說如果不馬上簽約，一下子就會被租走了。他好像相信我當然會跟他同居，一臉「我做錯了什麼嗎？」的無辜表情。

他有時候會這樣。情緒勒索，好像其實看不起我。他本來想考慶應經濟，但沒考上，讀了早稻田商科。他一次又一次強調，明明模擬考成績穩上的。但他還是進了比我更好的公司。他還問我每個月實領多少，甚至仔細地算出差額，說，「我領的比較多」。每個月都問。

他說過他很想結婚，一直說想早點帶我去見父母。他說父母會來幫忙搬家，到時見面就行了。還說母親會幫忙帶小孩。在他心裡，一切都已經決定好了，完全沒問過我的意見。我只是他人生的重大階段裡，一個小小的零件。

慘烈的爭吵後，我跟他分了。「妳真的就空有自尊心」、「妳什麼都不會」、「到時候就不要後悔」、「妳真的惹毛我了，我絕對不會跟妳復合」。封鎖他宛如人孔爆炸噴水般的LINE那天，我買了貓。一隻可愛的咖啡色貓咪。我把牠命名為可可亞，但很快就只叫可可了。

不玩配對APP後，生活裡什麼也不剩。只剩下可可。社團和公司朋友不知不覺間多半都結婚了。也有很多人離職了。LINE的圖像從婚禮變成嬰兒。IG限動也被小孩的成長日記淹沒。只有我被留在安靜陰冷的職場裡。

無所事事的週日下午。我想喝咖啡，但附近別說咖啡廳了，連超商都沒有。我無奈地打開冰箱，裡面有以前喝醉的時候在超商買的三得利微醉，只得喝它。我摸著可可。芝浦安靜的週日午後。LINE寂靜無聲。IG全是嬰兒。

我快哭了。

我到底是哪裡做錯了？就算長得不美，也想要得到幸福，所以我拚命生活，付出那麼多的努力，雖然偶爾會被稱讚，但心裡面總是空空落落的，覺得決定性地欠缺了什麼，感覺好不安，一陷入這種狀態，就再也不願意想自己的事，又開始喝酒，結果愈喝愈淒慘，然後又——

——星期日總是這樣。美幸總是忍不住喝酒。酒應該是為了與人共處的享樂手段，現在卻成了填補沒有伴的毒品。美幸失去了說話的對象，甚至是可以輕鬆傾吐單身煎熬的社群媒體，總是對著吾輩訴說。芝浦安靜的週日午後，就這樣安靜地過去。

美幸一喝醉，就會不斷地舊事重提。她有學歷、有工作，現在也有了可以搬到更大一點的地方的積蓄，她的人生在旁人眼中十足完滿，實際上卻是充滿了極度的苦惱，而她總是對著吾輩訴說這樣的人生。很快地，她會喝光另一罐酒睡著，被傍晚五點的鬧鐘叫醒，陷入自我嫌惡。

美幸說，她只要有吾輩就幸福了。吾輩是要價七十萬圓的貓。她每個月的收入，足以維持吾輩與她在這個連呼吸都要花錢的東京的生活，即使不到綽有餘裕，至少在經濟上完全無虞。上司對她也很肯定。年紀輕輕，就當上人事部經理。看在貓的眼裡，也非常了不起。

美幸到現在依然未能實現母親所想望的幸福、同名的另一個女人實現的美好幸福。但她說這樣也無所謂。幸福不是只有一種形式。這種話，嘴上輕易就能說說。她自己也明白，在故鄉呼吸成長的外貌至上主義和落伍的價值觀早已滲透她整個肺，再也無法擺脫了。

對於髒兮兮地黏附在她的人生的這個詛咒，吾輩實在很想把它整個撕爛扯下來，就像在禁止養寵物的這處公寓的壁紙磨爪那樣。因為事實上，她已經在這個東京，得到了其他人渴望也不可得的某種幸福了。

人類趕不上時代的速度。外來的艱澀新詞彙不斷地推陳出新，又曇花一現。可是，已逝的事物的美，一旦烙印在視網膜，就不會消失。即便別人說「那已經不美了」也一樣。也許美幸的眼中，到現在依然烙印著另一個美幸潔白得灼眼的婚紗，讓她看不見自己手中已有的幸福。

然後，也許——在菁英貿易公司上班的丈夫強烈要求下成為專職主婦、被迫拋棄優秀市場行銷人員前途的那個美幸，眼裡也烙印著和美幸不同的另一種燦光。

就如同世上沒有完美的幸福，世上也不存在徹底的不幸。有時甚至剝奪了視野的另一種耀眼的幸福，會遮蓋了現在在膝上沉睡的貓咪體溫般的幸福。也許哪一天，美幸會覺得在寬闊的住處裡獨自撫摸貓咪的自己實在很蠢，又忍不住流淚。但吾輩和美幸都不知道是否會有這一天。

正因為如此，今天吾輩也要依偎在美幸身邊，帶給她溫暖。希望美幸能感受到她所選擇的、不同於另一個美幸的另一種幸福，能讓她幸福得泫然欲泣。希望蓬鬆柔軟的咖啡色幸福，能多少覆蓋掉那個下雪天純白的不幸。然後，希望有一天美幸能心想：美幸是幸福的。

# 漂亮的家

去別人家做客的時候，不是都會感覺到那戶人家獨特的氣味嗎？如果是自己家就感覺不到，不過最近時隔多年回到老家，我第一次感覺到自詡鄉下文化人的父母居住的、山寨版安藤忠雄建築物的漂亮的家，那種咖哩般的氣味。

我覺得我家家境算是不錯。父親在當地銀行上班，母親是家庭主婦，但娘家做出租大樓，算是個小地主。雖然是四國的鄉下小鎮，不過在予讚線站前的黃金地段有兩棟老大樓，然後在住宅區——雖然那一帶全是住宅區，有幾塊地和幾棟房子出租。我是這麼聽說的。

沿海有一整排製紙工廠，街上任何一處都能看到煙囪和煙囪裡吐出來的白煙。好像是那煙的味道，整座城鎮充斥著一種很像理化課聞到的鹼的味道，或是某種溫泉黏滑的濃重氣味。我真的很討厭那種味道，住上多少年都習慣不了。

但只有我們家，似乎與街上的那種空氣絕緣。我出生以後，車站附近的公寓空間不夠了，外祖父說要把閒置的高台土地給我們，似乎請了當地相當知名的建築師蓋了那棟房子。以圓窗點綴、清水模四四方方的灰色房屋。

那個家很漂亮，有白色的鋼材階梯、在大街的三越百貨買下一整套的米蘭家具、精心照料的觀葉植物，還有母親喜歡的雜誌《Casa BRUTUS》和《dancyu》。內容全是東京事物，母親卻一臉得意地閱讀。父親也是，每個週末都開心地洗他的福斯愛車。

人只要有點閒錢，就會花在文化和教育下一代。對於我，它們則是成雙成對地到來。父母為我報名繪畫教室，帶我去市民中心看不感興趣的歌舞伎，還特地開車載我去隔壁縣的美術館。尤其是母親，似乎期待我能進入美大就讀。

我被灌注美好的事物，不美好的事物則被排除掉了。大眼蛙的馬克杯、跟大家一樣的永旺購物中心的書包、假面超人的變身腰帶，許多想要但父母不肯買給我的東西。母親不只是我的物品，甚至想要徹底控制年紀幼小、只想擁有跟朋友一樣的東西的我的感性。

我沒有寶可夢，但有樂高。我沒有《少年JUMP》，但有青鳥文庫[10]。家裡的牆上，裝飾著好幾張母親在美術館買回來的名畫明信片。家裡沒有多餘的雜物，空白處塞滿了即使在這個鄉下地方也能得到的類似「文化」的廉價事物。

去到朋友家，我嚇了一跳。朋友家有寶可夢和《少年JUMP》，會端出洋芋片和可樂招待，電視機後面的線一團亂，有鋪榻榻米的和室，最重要的是，有股奇怪的味道。高志家有墨汁的味道。每次去高志家回來，母親就會蹙眉：「你的衣服有股怪味。」

我特別感謝母親。在只有一家美術館，而且頂多只有「西洋巨匠展」之類的活動會展出畢卡索的鄉下地方，母親拓展了我的視野，強制讓我養成了閱讀等各種習慣。還讓我上補習班，順利考上了第一志願的慶應大學。

可是，也有許多討厭的事。邀朋友來家裡，讓我總覺得很丟臉。有一次請朋友來家裡，母親招待她親手做的猴子麵包。你知道猴子麵包嗎？在沒有電動玩具和漫畫的家裡，朋友撕下神祕麵包食用的時候，臉上浮現的是顯而易見的困惑。

還有，我在房間偷讀跟朋友私下借來的《銀魂》，被母親丟掉了。那個時候我真是覺得世界末日。我借到第六集，全部都被丟掉，但是非還給朋友不可，只好用不多的零用錢全部重買還給人家。媽，妳還記得這件事嗎？

---

10 青鳥文庫：講談社所推出以國中小學生為讀者群的兒童叢書。

總之，我為了讀大學而搬出家裡，展開在東京的生活。噢，我是很有自信啦。模疑考結果總是穩上，還有，雖然我來自鄉下，但自信至少是個鄉下文化人。社團迎新的時候，有個當時流行的免費雜誌社團邀我，當時我覺得非它莫屬。

儘管母親寄予厚望，但我完全沒有美術天分。只有幼稚園的時候在繪畫教室隨便塗鴉的畫得了某個獎，而且明明讀過那麼多書，當然也寫不出小說，連閱讀感想都不曾獲得肯定，成了個擅長現代文的普通「會念書的小孩」。

免費雜誌就是那個，把穿哈倫褲的學生用打工存錢買的單眼相機隨手拍下的照片，和想進博報堂上班的學生寫成的感傷文章，像拼貼一樣刊登在一起的一疊紙張。也就是一種民主式的、只要是似乎有品味的人，任何人都能夠從事的創作活動。

不出所料，社團裡全是這樣的人。只有我一定能讓隱藏的才華爆發，做出傲視群倫的作品——我和其他人每一個都這麼想。我們相互瞧不起，卻端不出足以瞧不起別人的成果，發現原來我們都只是在裝裝樣子、水準都一樣低，每個人都一臉尷尬。

免費雜誌也有全國大賽，我們姑且用社團名義報了名，結果當然是沒結果，看看得獎那些京都大學的作品，再次正視到「啊水準根本不一樣」這個早已明擺著的事實，擺出「哎唷反正我們也沒多認真（笑）」的姿態，隨口稱讚一下得獎作品，一起喝酒解散了。

即使是缺乏品味的人，人生還是會繼續下去。我們雖然沒品味，但有學歷。每個人都去應徵博報堂，然後都沒上，各自進了保險業、基礎建設業這些古板無趣的公司。我自己也進了瑞可利。為什麼想進去，理由已經忘了。人生就是渾渾噩噩地持續下去。

即使是無法創造的人，也有權利消費能創造的人創造出來的事物。也許是母親教育的成果，成人以後，我現在還是經常上美術館。森美術館、國立新美術館。照片美術館、庭園美術館。雖然有點遠，但也會去東京都現代博物館。前陣子還去了東京歌劇城。

我在東京見識了許多事物，見到了許多人，結果得到的省悟是，我家說穿了只不過是自詡文化人的鄉巴佬。如今回想，牆上的明信片全是米羅和保羅・克利。母親似乎只知道這幾個人。一定是在公共電視台NHK的週日美術館節目上看到的。

真正的文化人，或者說，被文化資本圍繞、吸收著這些文化資本長大的人，慶應裡觸目皆是。像是父親是設計師、母親是美大老師，這樣的人，從氣質就與眾不同，而且他們自己也會玩樂團什麼的，早就在「另一邊」了。

YO～YO～老子就是鄉下的文化人！看著米羅和保羅．克利長大！我怎麼可能這樣說？我的父母很幸福。他們在封閉城鎮的高台上，用捕蟲網撈住從覆蓋那座城鎮的鹼性薄膜外頭誤闖進來的事物，裝飾在安藤忠雄山寨屋般的家裡，笑呵呵地生活。

看看我住的地方。位在東麻布，說是麻布，最近的一站卻是赤羽橋，是這一帶滿坑滿谷、多如牛毛的老舊小套房。連七．五坪都不到。裡面一堆東西對吧？最近我居然在網拍發現古老的任天堂64，買到手了！真是個美好的年代。想要什麼，立刻就能弄到手。每次喝得爛醉，我就會不小心買下寶可夢、全套《獵人》這些東西。

不久前，我久違地回去老家。一出車站，立刻就聞到那味道了。乘上父母說最近剛換的水藍色飛雅特前往高台上的老家，清水牆外牆被雨水侵蝕得又黑又髒，只有庭院的樹木湛著新綠，濃得近乎刺眼。

開門進入家中的瞬間，就聞到像咖哩的味道。也不是咖哩，應該說是印度咖哩店的味道嗎？討厭的香料感，大剌剌的清涼感。昨天吃咖哩嗎？我問。沒有啊，昨天我做了《dancyu》裡面的食譜，中目黑義大利餐廳的番茄醬義大利麵，母親自豪地說。

不管重聞多少次，就是有咖哩的味道。我覺得那股氣味滲進了我Y—3的衣服，但就算開窗，也是那種鹼味，做為最起碼的抵抗，我立刻換上當成居家服的高中社團運動服，但它也散發出咖哩味，我想像自己這身皮膚花了十八年的時間，被這股氣味滲透肌理的景象。

# 希望

我是新娘的父親。小希，恭喜妳結婚了。爸偷偷去看的目黑鹿鳴館、赤坂BLITZ，妳都穿著好漂亮的舞台裝，沐浴在聚光燈底下。妳穿上婚紗的模樣，一定也美如天仙吧。今天請讓我聊聊小希和我兩個人共度的這二十年。

小希的名字是「希望」的「希」，讀做「NOZOMI」。我希望她成為能帶給別人希望的人，所以為她取了這個名字。妳就是我的希望。妳一出生，我從父親手上繼承的印刷廠就倒閉了，妳媽離開家裡，我在這樣的絕望當中，還能再次投入事業，全多虧了妳這個希望。

沒有媽媽，爸爸又成天工作不在家，妳一定很寂寞。一定也有許多說不出口的難過悲傷。妳從國中就經常關在家裡不上學，爸卻什麼都幫不了妳，就連為什麼妳會變成這樣都不明白。這樣的我，讓自己覺得很沒用。我是個失格的父親。我們沒有對話，家裡的空氣日漸沉滯。

妳在關閉自我的房間裡常聽的廣播，傳出了希望。妳迷上偶然聽到的地下偶像的歌曲，跑到中野去參加演唱會。妳久違地跨出了家門！妳回家後，激動地向我描述演唱會的內容。久違的父女對話！看到妳久違的閃亮亮眼神，爸都快哭了。

妳在MISS iD得到小獎的時候，爸好驚訝。爸連妳去報名都不知道。「因為要是沒得獎就太丟臉了。」妳在家吃著濃湯這麼笑道。那個時候，爸的事業也上了軌道，家裡充滿了對話、開朗的氛圍，以及就像對未來的希望般，柔和溫暖的事物。

妳成為嚮往的偶像了。公司似乎大力推銷妳們，團體的前衛概念也受到偶像宅的高度肯定。現在爸還是會想起，妳為了據說是妳設計的鑲黑羽毛的水手服要怎麼清洗而苦惱的樣子。

目黑鹿鳴館、赤坂BLITS，妳的演唱會，爸全部參加了。明明妳一再叮嚀很丟臉絕對不可以去，爸卻瞞著妳偷偷去了，對不起。妳總是好美好迷人，爸還看到有粉絲在社群媒體留言「因為有小希，我才有活下去的動力」，覺得好開心。從那個時候開始，爸的身體狀況就一直不好，但光是看到在舞台上熱力四射的妳，爸就能恢復元氣。

妳們還參加了東京偶像節，演唱會場地愈辦愈大，然而就在這樣的節骨眼，匿名留言版的地下偶像板踢爆了妳的戀愛八卦。對方是妳們團體的製作人，而且是有婦之夫。妳成為眾矢之的，團體也解散了。妳一個人單飛，突然自稱古代土偶和佛像愛好家，又被撻伐說是「人設迷航」。

爸很清楚，這樣的迷航背後，隱藏著妳的苦惱。妳還想繼續當偶像，卻沒有人來邀約。也許一輩子都再也沒辦法回歸偶像身分了。無底的絕望。妳又開始經常關在家裡了。我們失去對話，家裡再次充斥著濕冷的空氣。

就在這當中，有個阿宅對妳追蹤人數劇減的帳號送出熱情的私訊。他述說過去每一場演唱會的感想、說妳曾是個多麼迷人的偶像、妳是他多麼大的救贖，以蹩腳的文章，但就像過去的妳那樣，拚命地剖白心跡，試圖鼓勵妳。

某天，妳在每天排山倒海的謾罵私訊裡發現了這些訊息，因為覺得有些毛毛的，起初只回覆顏文字，但漸漸地展開了奇妙的交流。妳和那個阿宅雖然不曾見過面，但是在絕望的井底幾乎快缺氧的妳，可能是受到那名阿宅的鼓勵，似乎漸漸打起精神來了。

其實那個阿宅是爸。爸希望妳振作起來，絕對不想再束手無策地坐視妳陷入不幸。妳加入淨是推出一些名稱古怪的團體的經紀公司，再次回歸偶像時，阿宅也功成身退，悄悄刪掉了帳號。

妳直到最後一刻，都是爸的希望。爸得了胃癌末期。治療很痛苦，不曉得還能不能看到明天的太陽。妳第一次登上武道館的演出，爸勉強自己去看了。我的女兒、我的希望，在舞台上歡笑跑跳，盡情歌唱。就算在這一刻離開，爸也死而無憾了。爸想起了過去的種種，潸然淚下。

「還沒看到我穿婚紗前，爸不能死啦！」「爸要在我的婚禮做出賺人熱淚的致詞啊！」妳在病房淚眼汪汪地說。雖然其中一個無法實現，但另一個，今天爸像這樣，把這份取代遺書的致詞稿寄給妳了。如何？賺到妳的熱淚了嗎？

我是個稱職的父親嗎？爸一直很不安。匿名留言版揭露妳的戀情時，聽到妳辯解說比妳大一輪的不倫對象「就像父親」，爸感覺到原來對妳而言，父親是缺席的，潸然淚下，但妳對無名阿宅在私訊中點滴吐露對父親的感謝時，爸又哭了。

妳是我的希望。妳抓住了廣播裡傳出來的希望，毫不吝惜地把它傳播給眾人，讓許多的阿宅、讓就像過去的妳一樣受傷的人，還有我，有了活下去的勇氣。爸是不是也帶給妳什麼了？爸祈禱，如果爸也曾是妳的希望就好了。

小希，恭喜妳結婚了。妳現在過著什麼樣的生活？還在繼續當偶像嗎？從別人身上得到希望，再把希望散播出去，幸福地笑著生活嗎？雖然爸沒辦法參加妳的婚禮，但現在也在某個遙遠的地方，不斷地為了妳的幸福而祈禱。妳要保重。

從這房間永遠看不見東京鐵塔

「幽會爆美女中」。上傳推特。已經稱不上六本木的邊陲地帶的海鮮居酒屋狹小又充滿菸臭味的吧台。兩杯生啤並排的照片。當然，還要拍進女生細皮嫩肉的小手。東曆約會ＡＰＰ上找到的女生。三千名追隨者，今天也期待著在這處時髦的都會華麗玩樂的三十開外單身港區男孩的推特貼文。

我早就決定如果哪天要搬出去住，一定要住在港區。陰森的鄉下城鎮老公寓粗粒子的映像管電視。母親一看再看的重播電視劇。織田裕二、木村拓哉、松嶋菜菜子以東京鐵塔為背景，談著閃亮亮的戀愛。我覺得只要離開這裡，去到東京，去到港區，自己也能變成那樣。

從當地縣立大學畢業後，我進了東京的公司。正確地說，是橫濱的土木工程公司。最初住在保土谷的員工宿舍，但住了一年就再也受不了，馬上搬出去自己住了。是上SUUMO網站精挑細選找到的南麻布二樓公寓。房租九萬的小套房，又小又舊，衛浴小不溜丟，離車站也很遠，卻是我心嚮往之的港區地址。

搬家當天，是春季一個好天氣的日子。我漫無目的地在麻布十番的商店街漫步。看起來很貴的狗、看起來很貴的主婦。在老字號內臟燒烤店買了一串肝當場吃起來，白T沾到了醬汁。書店貼著雜誌《東京Calendar》的海報，上面有吉岡里帆和「港區的優越」幾個字。我現在就在這優越的港區！

我每個月都買《東京Calendar》。因為我只讀這本雜誌，房間裡堆的都是《東京Calendar》。我覺得這樣很有港區味，很酷。雖然雜誌裡介紹的餐廳那些，對月領二十五萬的我太昂貴了，根本去不起。長得和木村拓哉毫不相似的我的人生，目前還沒有遇到松隆子。

搬家那天我辦了推特帳號，帳號名稱叫「港區小哥」，頭像是網路撿來的東京鐵塔照片。自介寫著「在港區求生奮鬥的高端上班族的日常喃喃自語」。對年收四百萬的上班族來說，東京太花錢了，所以我一樣用網路撿來的照片，介紹《東京Calendar》上面的餐廳。撿來的東京元素們。

聯誼、俱樂部，我都沒去過。連THE RIGOLETTO的立飲酒吧都沒去過。廢話。就算來到東京，也不可能突然就變成善於交際的大帥哥。我說穿了就是來自北陸鄉下的社恐醜男。在公司，連一起吃午飯的男性朋友都沒有。

我成天玩配對APP。我在Tinder不吃香，跟我配對的都只有恐龍妹。在東曆約會APP把年收灌水真是對了。我的歸宿果然還是東曆。我付了一大筆錢，找了網路上常見的形象改造顧問，接受嚴格的指導。飲控、重訓、慢跑。美髮沙龍、修眉沙龍。衣櫃裡的衣服全部丟掉重買。我說我口拙，顧問說那就用背的，塞了一本像劇本的東西給我。市面上好像有這樣的東西流通。我把整本都背起來了。我絕對要成為萬人迷。我想透過東京的女生，證明我的價值。

女生的需求很明確，就是「想要免費吃喝一頓」。我還是一樣薪水微薄，還得從這微薄的薪水裡面掏出九萬圓房租，手頭實在很緊。勉強負擔得起的水準，就是要說是六本木也算六本木，但其實離乃木坂更近的大眾海鮮居酒屋。

那裡鬧哄哄，又充斥著菸臭味，但便宜又好吃，最重要的是，最近一站是六本木。

對話流程是這樣的。首先由我自我介紹。在哪裡上班、以前的經歷、最近在APP跟什麼樣的人見面，然後催促對方自我介紹。摻雜著一些貶低，巧妙地接球回擊。重點是拚命灌酒，然後漸漸增加肢體接觸，最後在吧台底下牽手之類。要是被拒絕，就加大力道貶低&灌酒，如此反覆。如果氣氛不錯，就搭計程車把對方載到麻布十番的網代公園附近的酒吧。第一次帶回家的女人是日本女子大學畢業，在壽險還是哪裡當行政的女生，奶子大得要命。「幽會爆美女中」。放上酒吧偷拍的胸部特寫照的推特，得到人生第一次超過一百個讚。真驕傲。

我沒朋友、沒預定，也沒有嗜好。空閒時間都拿去見東曆約會APP釣到的女人了。我愈來愈擅長浮面輕薄的對話。沒約會的日子，就在家翻《東京

Calendar》。Quand l'appétit va tout va、長谷川稔、SUGALABO。都是從沒去過、也大概一輩子都不會有機會去的餐廳名字。想像和最新一期的《東京Calendar》封面的女星約會。露出黑色連身洋裝的白皙肢體。她坐在吧台旁邊，慵懶地托著腮幫子看著我。微醺的她迷茫的眼神——自瀆後排山倒海的空虛。

《東京Calendar》開始強推起澀谷時，我以為這是什麼惡劣的玩笑。奧澀？澀二？[11]自然酒？橘酒？連三軒茶屋都登場時，我真的笑出來了。那是聽團團轉樂團的傢伙才會去的地方。我們高端上班族，當然要在港區喝氣泡酒乾杯啊！今晚我也搭著「chi巴士」（港區一次一百圓的公車）前往六本木。

六本木老地方的海鮮居酒屋。今天也一樣便宜又好吃。冬季期間，回程還能看到東京中城的霓虹彩燈。也有許多日本酒。炸小竹筴魚很便宜，量又多，我常點。生魚片盤很貴，我都會找理由盡量不點。最好兩個人能壓在一萬圓以下。前往下一攤酒吧的計程車錢，也最好在深夜加成前上車。七點開喝，最好九點就上計程車。

有時我會有種奇妙的錯覺，就好像已經坐在chi巴士上搖晃了好幾年。在幽冥之中，永不歇止地在港區行駛下去的chi巴士。我覺得我已經好多年都在做一樣的事。居酒屋、計程車、酒吧、計程車、全家超商、床鋪。年收都差不多，只有推特的追蹤人數增加了。

「我完全不會來六本木。」在網路行銷公司上班的二十四歲女生，在海鮮居酒屋的吧台，對我說出這略帶鄙夷的話。「葡萄酒品項有點微妙呢，那我點高球。」她說她常去最近開的神泉的立飲小酒館。我當場上網查了一下，明明是立飲，卻貴得要死。「一定是跟男人去的吧？（笑）」我說，「我都自己買

11 分別為「奧澀谷」、「澀谷二丁目」的簡稱。

單。」她冷冷地回。

我喜歡聊Netflix或Amazon Prime Video。可以當成把女生釣回家的誘餌。我說我喜歡《東京女子圖鑑》，她說「那還有人在看喔？」最近好像流行《大豆田永久子與三個前夫》。「總覺得很窮酸呢，我反而完全不會去澀谷那裡（笑）」我說，結果她說「那樣想太過時了，很遜耶」。

最近一次都沒有成功把女生帶回家過。是年紀的關係嗎？既然沒錢上傳壽司照片，除了帶女生回家以外，沒別的事物能夠擔保萬人迷高端上班族的身分，所以今天我無論如何都想把人帶回家。而且——總覺得這女的瞧不起港區，不可原諒。這是港區和澀谷區的代理戰爭。我猛灌對方日本酒。

回過神時，已經是早上了。我人在家裡，還穿著在GREEN LABEL買的羽絨外套。外套全是嘔吐物，那股惡臭讓我又差點吐出來。當然，昨天的女人不在房間裡。好像是我自己喝太多，先醉倒了。用獎金剛買的心愛的羽絨外套。

今年我三十歲了。今天星期一，所以我匆匆把外套塞進垃圾袋裡去上班。在前往品川站的公車裡噁心起來，下車吐了。十點半。得聯絡公司我會遲到。「我身體不舒服，想請上午。」會計部門的上司最近連念我都懶了。

週末。不自覺地前往澀谷。那個網路行銷的女人說的那家神泉的立飲小酒館。「不好意思，現在客滿。」驚鴻一瞥的店內坐滿了時髦的年輕人。中分頭、King Gnu成員戴的那種眼鏡、看起來很貴的Barbour外套。我呢？穿著好幾年前形象改造顧問叫我買的切斯特大衣、條紋圍巾、黑色緊身褲。

《東京女子圖鑑》是哪一年的電視劇，你記得嗎？二〇一七年。我在南麻布狹小採光又差的住處，看到都快倒背如流了。好幾年前買的小電視。看得目不轉睛的我，就彷彿在重現母親的樣貌。那個在北陸的鄉下小鎮，目不轉睛地盯著宛如自己再也不復返的青春優化版的電視劇的母親。

「我有親戚在東京，我以前常去玩。」不知為何，母親在家都講蹩腳的標準話。重播的電視劇裡，出現惠比壽花園廣場。「媽以前去過那裡！」我在東京已經住了八年了，花園廣場當然也去過。至於侯布雄，嗯，那裡太貴了，還沒去過。

愈是瞭解東京，感覺東京就愈遙遠。明明我就住在東京的正中央。雖然住的是距離每一站都要花上十分鐘的南麻布的陸上孤島，房租九萬的破公寓。神泉那一帶的餐廳我查過，也有不少便宜的地方呢。下次去那裡開拓一下新店好了。對沒錢也沒品味的人，也就是我這樣的人來說，東京真是個難以生存的地方。

沒能帶女生回家，因為想省下計程車錢，買瓶保礦力，無精打采地踱回家時，一個念頭忽然上來：如果沒有來東京，我會不會比較幸福？然後一陣鼻酸。最近我老是在聽以前瞧不起的團團轉樂團的〈東京〉。好爛的曲子。

到家了。我不想保持清醒，喝起冰箱裡的Strong Zero。一醉就忍不住要看《東京女子圖鑑》。閃亮亮的港區。《東京Calendar》裡的生活。全是我沒有的東西。薄薄一層的窗簾外，只看得到首都高速公路，永遠看不到東京鐵塔。

# 我看過河童

我看過河童。而且還兩次。真的啦。我拿著桃子過橋的時候遇到的。在故鄉一次，還有一次是在麻布十番。沒騙你啦。河童從河裡冒出頭來，露出眼睛以上的部位，直盯著我看，默默無語，卻彷彿在責備為了留在東京而撒謊、騙人的我。

我家在鄉下種桃子，但收入一點都不好。種不出可以賣到好價錢的一級品，感覺就像是不小心繼承了田地，只得無奈地兼職種一種那樣。只有奶奶認真看待種桃子，我入贅的爸爸老是挨罵。我總是吃著NG桃子，只想快點離開這個鬼地方。

我的故鄉真的什麼都沒有，附近頂多只有高爾夫球場，離車站也很遠。在必須開車的環境裡，小孩子的世界就只有自行車去得到的範圍。我都站著踩踏板，騎在鋪得坑坑凹凹的路上，車籃子震得喀噠響。每個女生的大腿都粗得像圓木。來到東京以後，我費了好大一番心血才讓腿變細。

每次去朋友家，奶奶都會叫我帶桃子。用消費合作社的小塑膠袋裝。這一帶全是種桃子的農家，所以伴手禮經常發生「撞桃」現象，那個時候總覺得身為桃子農家的小孩很丟臉。我對父親是一般職業，總之是務農以外的職業的家庭有種莫名的羨慕。

玲美家就是這樣。她爸爸在當地開了好幾家時髦的店，像是很有樂活感的小飯店，還有附近的窯烤披薩店，她是這個城鎮最不土的小孩。玲美總是穿著別緻的衣服，好像是她父親每次出差都會從東京買給她的。

帶桃子去玲美家，最讓我感到憂鬱。去玲美家就有任天堂GameCube可以玩，所以我常跟朋友去，但奶奶不曉得是不是肖想如果可以討好玲美的爸爸，飯店就會買我們家的桃子，有時甚至會把可以拿去賣的等級的桃子裝盒要我帶去。

那真的讓人覺得很淒慘。震個不停的腳踏車籃子裡放著桃子，為了避免撞壞，我只能騎得慢吞吞，在赤炎炎的大太陽底下，汗流浹背地前往玲美家嶄新的歐風進口住宅。停車場裡停著紅色奧迪。感覺就好像賤民上貢給貴族一樣，淒慘到了極點。

有一次我實在受夠了，把裝著桃子的三越紙袋偷偷丟到某塊田的工寮後面，結果從農協回家的奶奶眼尖地發現那紙袋，把我罵得狗血淋頭，叫我不准糟蹋桃子、不可以瞧不起祖先傳下來的家業。的確是我不對，但我心情上就是難以接受，那天晚上在房間裡偷偷飲泣。

大概是隔年吧，桃子的季節又到了，我又被交代捧著盒裝桃子去玲美家。這次一定要丟得神不知鬼不覺。我學到教訓了。前天下了場豪雨，暴漲的河流裡，乳白色的河水靜靜地、但帶著確實的質量流過。我走到橋上，四下張望——

就是這時候。我真的看到了。是真的。河童從河流正中央若無其事地探出頭來，用那雙混濁的眼睛，目不轉睛，靜靜地、責備地看著我。啊！我嚇了一跳，裝桃子的盒子滑出手中，桃子滾了出來，宛如慢動作一般——

噗通。聲音響起時，河童已經不見了，我手扶在欄杆上，呆呆地看著寂靜莫名的河面。不是害怕那類感覺，被看到了，這種單調的情感靜靜地撩撥著我的罪惡感。河水的顏色，就像落地腐爛的桃子顏色。

在玲美家，我沒玩大亂鬥，也沒吃名稱洋裡洋氣的年輪蛋糕，有種大腦一半還在做夢的奇妙感覺，魂不守舍地度過，然後聽著傍晚廣播音質粗糙的〈滿天晚霞〉，慢吞吞地踩著腳踏車回家。天空火燒般赤紅，好不真實。

以前奶奶交代過，不可以帶著桃子過橋。說河童最愛吃桃子，會在橋底下埋伏，準備搶桃子。可是那個河童並不是想要搶桃子，而是靜靜地責備我把奶奶的好意扔進河裡，還向奶奶撒謊：我送給玲美家了，她們很開心。

幾天後，奶奶又叫我送桃子去玲美家，我義正詞嚴地大聲拒絕了。爸媽去桃子園了，陰暗沁涼的廚房裡只有我和奶奶兩個人，迴盪著我異樣迫切的叫聲，以及遠方的風鈴聲，隨之而來的寂靜，感覺持續到永遠。

自從這天以後，奶奶再也不對我說什麼了。不只是對我，她總是對爸爸碎念個沒完，現在也不再說什麼了。奶奶失去了她對桃子的熱情、對家人的關心，連她的女兒，我媽都擔心起來。幾年後，奶奶就臥床不起，然後老衰過世了。

在市立醫院看到奶奶的遺容時，因為實在太像那天看到的河童了，我當場癱倒在地，吐了出來。大家都以為是奶奶的死讓我震驚過度，但我是被我的罪、確實存在的那份就像罪咎自覺的事物給壓垮了。

高中畢業後，我隨便找了個理由，逃離家裡似地去了東京。我相信在東京，即使是沒學歷也沒一技之長的我，也能找到工作，而且或許我是以為，東京是距離那暴漲的河川乳白色的濁流、從河裡盯著我的那雙眼睛最遙遠的地方。

我打算當做找到穩當工作前的墊檔，進了池袋的女生酒吧，結果拖拖拉拉待了兩年。在這汪遲早會結束的怠惰的溫水裡，我的心漸漸地泡爛，但以結果來說，我再也不曾回想起那件事了。我漸漸適應了東京，變得可以滿不在乎地一個人走在夜晚的池袋。

有個客人跟我變得熟稔。他總是穿著體面的西裝，戴著昂貴的腕表。我們也交換了聯絡方式。我說我的生日快到了，他就帶我去餐廳吃飯。他那口清脆的標準話滲透我的身體，洗去了桃子園的土臭味。我這麼感覺。

某天，他說有個賺錢的好機會。北口的雷諾瓦咖啡廳。他把吸到一半的菸擱到菸灰缸，從皮包裡取出一疊A4影印紙遞給我。「有個座談會，妳只要照著劇本念就行了。如果有人提出問題，我會出面應對。」他說只要這麼做，就會付我錢。聽到金額，我當下反問：「什麼時候要背好？」

兩個月後，我在南池袋一間老舊的出租會議室，在白板寫下強而有力的文字，落落大方地談論自己的投資有多成功、現在過著如何優渥的生活。暗椿提出問題，我對答如流。在高級出租公寓「澀谷拉圖」窗邊，拿著第一樂章紅酒微笑的我的照片，是上星期在他家拍的。

在那天的雷諾瓦，我第一次得知有「賺錢消息」這種商品，以及有人會為它支付幾十萬圓。我連它是好是壞都不清楚，言聽計從地累積了銷售額一半的分潤，辭掉打工，搬出上板橋的破公寓，搬到夢想中的港區麻布十番。這是我來到東京第三年的夏天。

我之前並不曉得，但大家想像的麻布十番，其實只有商店街所在的地方，還有元麻布而已，東麻布幾乎已經是赤羽橋了，而南麻布幾乎是白金高輪了，我搬去的三田一丁目那一帶接近麻布十番站，但是被河流圍繞浸泡，全是等著都更的老舊木造屋——讓我情不自禁地想起了故鄉。

即使是這種地方、幾乎是舊式老公寓的租屋處，房租也要東武東上線沿線的兩倍左右，而且我也懶得開拓新客源，便模仿他製作我自己的賺錢消息商品，要客人尋找新客人，分他們幾成利潤，就像老鼠會那樣，「開枝散葉」。

「人生大逆轉！高中學歷的果農也能靠著一台手機賺到上億圓的究極致富法」。穿著連身褲、橡膠長靴和工作手套，抱著滿滿的桃子燦笑的我。我在這個被河川圍繞的城鎮，從枝頭上收穫著要價數十萬圓的豐碩果實。酒局尾聲，我忽然想到這樣的諷刺，在麻布十番走下計程車，這時——

從小山橋看去的古川水面，首都高速公路底下的陰暗處，我真的看到了。那雙眼睛。把母親好意削皮的桃子，吐在病房被單上的奶奶的那雙眼睛。那鬆垮的皮膚、斑駁脫落的白髮那扁塌的質感、只有眼珠子向上翻的那雙……

右手的三越紙袋從手裡墜落，裡面傳出異樣甜膩的氣味。因為喝得爛醉，所以記憶模糊，但袋子裡面裝的是桃子。是同業買來送我的高級桃子伴手禮。桃子摔爛，把紙袋搞得濕糊，四下周邊散發出當時的桃子園般的氣味，我無法忍受，撿起紙袋，對著河面……

噗通。聲音響起時，河童已經不見了，我手扶在欄杆上，呆呆地看著寂靜莫名的河面。不是害怕那類感情，又被看到了，這種單調的情感靜靜地撩撥著我的罪惡感。河水的顏色，就像落地腐爛的桃子顏色……

不，天色黑暗，什麼都看不見。

# 東京鬼地方圖鑑

「欸，我打算搬到麻布十番，你覺得呢？」

「麻布十番？你認真？（笑）那裡住的都是些想在聯誼炫耀『我住在麻布十番』的輕薄之徒欸（笑）。明明也不年輕了，卻擺出一副我雖然這麼年輕，卻懂得這麼多，品味也過人的嘴臉，週末用有點貴的平底鍋，煎上網買的有點貴的菲力，一個人喝著有點貴的紅酒，自詡單身貴族，但仔細一看，餐具是從念書的時候用到現在的無印便宜貨，酒杯也是白酒杯耶（笑）。沒發現自己被年輕人討厭，硬要跟年輕人去喝酒，然後不可一世地說『我明天要應酬打高爾夫（笑）』，丟下一萬圓鈔票離開，拜託，一萬根本不夠好嗎？又惹來年輕人恥笑（笑）。」

「你意見很多耶，那廣尾呢？」

「廣尾？你認真？（笑）那裡住的都是些擺出『同樣是港區，但廣尾跟麻布十番可不一樣，我們知道什麼是真正的高級』的嘴臉，教人作嘔的傢伙們欸（笑）。可是真正的高級很昂貴，起初還會上明治屋、國際超市那種高檔超市，買些茴香啊甜菜這些特別的食材，可是反正很快就會騎著港區的出租腳踏車遠征到南麻布便宜的哈那馬沙大包小包大採購了（笑）。住不起南部坂還是GARDEN HILLS這種頂級公寓的人就算為了虛榮跑去住廣尾，也很快就會腳尖麻痺站不住了（笑）。沒錢最好不要嚮往什麼港區（笑）。」

「你意見很多耶，那不要港區了，中目黑怎麼樣？」

「中目黑？你認真？（笑）那裡住的都是些自稱喜歡公共澡堂、桑拿、精釀啤酒、自然酒、香料咖哩，明明就是量產貨，卻自以為有個性，眼裡只有自己的人，為了把約會APP上的女生釣回家才住的地方欸（笑）。留一頭黑色長髮，燙微鬈，戴副圓框眼鏡，還留個鬍子，穿著圖案鮮豔的襯衫，下半身卻是保守的黑白色調（笑）。明明入夜以後，下半身就整個放浪形骸說（笑）。你去商店街的立飲酒吧看看，一堆這類打扮清一色的傢伙，帶著打扮清一色的女生，喝著清一色的酒，開心地聊著清一色的音樂話題（笑）。可是每個人都擺出自己是ONLY ONE NO. 1的嘴臉（笑）。」

「你意見很多耶，那代代木上原呢？」

「代代木上原？你認真？（笑）就像廣尾對麻布十番那樣，那裡住的都是些擺出一副『我們跟中目黑不一樣，知道什麼是真正的高級』的嘴臉的機車人欸（笑）。明明電車那麼不方便，每次飯局，卻理直氣壯地提議約在代代木上原會拿橘酒配孜然燒賣的時髦餐廳，可是當然被多數否決，結果大家還是去吃交通方便的澀谷還是惠比壽的店，當天在那裡碎念『與其吃這個，代代木上原的店還比較好吃又便宜』，惹人討厭（笑）。剛搬去的時候，會每星期裝模作樣買個麵包拿鐵之類的去公園悠閒一下，可是反正很快就會受不了徒步十五分鐘的漫長艱苦路程，一下就不去了（笑）。然後不曉得該拿這沒人要上門做客的代代木上原的租屋處怎麼辦，出門也沒地方去，可是要是現在拋棄代代木上原，就等於承認自己的品味有問題，就這樣被困在代代木上原直到老死。（笑）」

「你意見很多耶，那三軒茶屋呢？」

「三軒茶屋？你認真？（笑）那裡住的都是些把窮酸代換成感傷來維護心靈平靜的傢伙，在大眾居酒屋喝著便宜酒，用免費照片加工軟體拍些底片風格的照片，嘻哈玩鬧，然後說什麼『這樣也好感傷呢（笑）』，跟只是朋友的人手牽手不知不覺一起回家，用廉價投影機播個YouTube的chill rap音樂，吸個水菸什麼的，又喝了超商買的便宜酒喝到醉，不小心滾起床單，隔天早上尷尬得要死，再也沒有見面，又覺得『這樣也好感傷呢（笑）』，聽著這類歌詞感傷的曲子，又忍不住想見面，是這種人住的地方耶（笑）。二十出頭搞不清楚狀況的年輕人也就罷了，像你這種窮到出汁快三十的人，跑去住那裡就完了啦（笑）。」

「你意見很多耶，那下一個，東横線的學藝大學呢？」

「學藝大學？你認真？（笑）那裡住的都是些逞強說什麼『我是故意讀學大的』，跟代官山、自由之丘大唱反調的傢伙耶（笑）。被問到：『你住哪？』他們會回答：『我？我住鷹番（笑）。』還鷹番咧（笑），人家不是問你町名，是問最近一站是哪裡（笑）。因為人生都是在唱反調，所以會一時腦衝辭掉大企業，轉職跑去新創公司，還會一時腦衝跑去在腳踝刺上小刺青，幹這類無腦事，一輩子都在後悔（笑）。被人說時髦就會生氣，卻又無法不打扮，說什麼音樂絕對要聽唱片，播放器卻根本沒在用，擺在那裡生灰塵，住處裡在白金台一帶買的觀葉植物都沒在照顧，一下子就長蟲（笑）。不斷跟世俗唱反調，唱到後來終於連自己明天中午要吃什麼都不知道，作繭自縛，動彈不得，就是這樣的可憐蟲啊（笑）。」

「你意見很多耶，而且愈說愈起勁喔？那中央線怎麼樣？高圓寺呢？」

「高圓寺？你認真？那裡住的都是些一事無成、為了彌補這一事無成的悲慘人生，最後孤注一擲搬到這裡的中年人耶（笑）。可是啊，高圓寺就像面鏡子，住在那種居民全都跟自己半斤八兩的地方，感覺就好像無時無刻不在照鏡子，感受超慘的耶（笑）。不光是這樣，在廉價立飲酒館看到這些就像自己翻版的人十年後還是一樣慘，會忽然坐立難安，無法忍受繼續把自我意識晾在高圓寺，年過五十左右，就會搬到野方或沼袋去。（笑）不好意思，高圓寺完全不是救贖，甚至相反呢。（笑）」

「你意見很多耶，那也不要JR沿線了。這次換北邊，根津怎麼樣？」

「根津？你認真？（笑）那裡住的都是些在聯誼還是俱樂部這種糜爛的場合認識結婚，為了執行歷史修正主義，開始過起簡單明瞭的『認真生活』的夫妻耶（笑）。春天去上野公園賞櫻花、秋天去東大看銀杏，這中間一時興起買個聽都沒聽過的陶藝家做的盤子什麼的，丈夫迷上撒日本花椒的薄切生肉這類裝模作樣的料理，妻子迷上葡萄酒大師課程，最後開了個把人閃瞎的閃亮亮夫妻生活IG帳號，附上一堆眼花繚亂的標籤（笑）。舉辦家庭派對，硬把職場學弟妹叫來，逼人家追蹤IG，真是有夠糟糕的笑話欸（笑）。」

「你意見很多耶，那更東邊一點好了。清澄白河呢？」

「清澄白河？你認真？（笑）只不過是偏荒新生地，居然敢大顏不慚自稱東東京（笑）。只能靠住在時髦的地方來表現自己，但又沒錢住港區或澀谷區的人，吸了滿肚子咖啡廳和美術館排氣口免費飄出來的香氣，填飽精神上的餓，靠著這樣一點一滴攢下來的小筆積蓄，住在號稱清澄白河，其實也是森下或菊川那一帶河邊的便宜公寓（笑）。搬家的時候，聽到房仲說『銀座和丸之內也在這裡的計程車圈內喔』，別有深意地點頭嗯嗯應和，可是都一定會卯起來趕末班電車回家，要是錯過末班電車，臉就臭到不行，彷彿都是一起喝酒的人害的，這種窮酸，也是住在清澄白河的傢伙們的特徵喔（笑）。」

「你意見很多耶，而且全是壞話。那你說，還有哪裡可以住？」

「就說了嘛（笑），像你這種人，最好不要住東京啦（笑）。只有深愛東京、徹底理解東京的人，才有資格住在東京啦（笑）。不好意思，你沒有所謂的品味（笑）。是啊，我想想，乾脆越過多摩川，住在新丸子的廉價公寓比較好（笑）。是人人羨慕的川崎市喔（笑）。如何？對你是恰如其分吧？（笑）那我還有事先走了（笑）。」

就這樣，我回到了新丸子的廉價公寓。房租六萬。從房間可以看到武藏小杉的高塔住宅。那裡的房租是這裡的幾倍，我甚至無法想像。我在這裡已經住了八年了。我沒想到居然會在這裡困上八年之久。我以為總有一天，我會在東京找到我的安身立命之地。我對東京的愛與日俱增、對東京的知識愈來愈多，但薪資所得代扣及繳納憑證和存摺數字卻怎麼等都不見增加。摘不到的葡萄，愈是知道它有多甜，就愈感到悲慘。我絕對不願意覺得它是酸的。我想要相信東京一定是甜的，而我終有一日可以摘到它。可是，要怎麼摘？

隔壁戶住的好像是慶應的學生。都三十歲了，還只能住在跟學生一樣房租的地方，我詛咒自己的人生——不，我詛咒東京。不過這裡不是東京，是川崎。

我要自白一切

這次承蒙集英社的稻葉編輯邀約，我過去隨手寫下的作品們有機會集結成冊了。

回首過往，我的人生總是得到別人的給予。我的父母滿懷愛情地養育我。我的父母買了土地，請積水房屋蓋了棟閃亮亮的房子。我的父母買了許多書給我讀。我的父母帶我去了許多地方，讓我經驗許多事。我的父母從襪子到盛點心的盤子，總是買最好的給我。我的父母總是我最好的聊天對象和導師。我的父母對於花了許多錢的兒子任性地說想去東京讀大學，連眉頭也不皺一下，支持了我。我的父母——

他就在那裡。

他就在教室後方。

托著腮幫子。穿著agnès b.的T恤。他一個人坐在教室最後面，默默地看著同學們自成小圈子，愉快地打發下課時間。

他在小二的春天，轉學到西日本的這所小學。他本來住在西日本的另一座城市。他顯然無法融入班上。這樣的他，在每個月一次換座位抽籤的時候抽到最搶手的最後一排窗邊座時，班上流過一陣古怪的氛圍。一拍尷尬的沉默。班上的開心果抱頭發出誇張的哀嚎，大家都被逗笑了。他本人不發一語，把寫著自己名字的白色薄薄磁貼片貼到黑板的座位表上。

他就在教室後方。

搬家前，他個性開朗，在班上也有許多朋友。不知道為什麼突然交不到朋友了。從父親的車子裡看到的這個城鎮的國道沿線街景，和搬家前住的地方相似得驚人。街上的居民也都大同小異。可是怎麼會？日復一日，他一個人默默地看著同學們。這或許不單是沉默的悲傷表現，而是一種迫切的努力，試圖透過去看，來理解如今已無法明白的「他人」。

他就在東京。

他就在澀谷俱樂部的酒吧吧台。他就在代代木公園噴水池旁邊的長椅。他就在東銀座的咖啡廳。他就在廣尾的公共澡堂裡。他就在東京每一個角落的最後方，現在也在觀察著某個人。

他進了好大學，順利展開大學生活。他進了好公司，領著不錯的薪資。可是他的眼睛。只有那雙眼睛依舊。在東京的某處，安靜地看著你的那雙眼睛。

他就在東京。

晴天的散步最美好不過。只要一有空，他總是在散步。他赤腳穿New Balance。稍微走段路，去廣尾的有栖川宮紀念公園看看嗎？麻布十番的古川旁的公園也不賴。口袋裡裝著家裡的鑰匙和手機。鑰匙嘩嘩作響，派頭十足。走著走著，找到你了！跟蹤你。觀察你。研究你的生活。觀看你的人生。想像應該看不見的這些。這也就是單方面的認定，單方面認定也就是暴力。我對你行使著看不見的暴力。太爽了。

他就在東京。

多虧了你，他愛上了散步。不管你去到哪一條街，他都在那裡。只要一有空，他總是在散步。

只是觀察你的日子，我終於厭膩了。我要認定你就是如何，自以為明白你的地獄，把它轉化為文字，丟上網路。有人讀，有人沒讀。我的日子開始閃閃發亮起來。我的雙眼更加虎視眈眈起來。

想要愛人。想要被愛。

懷抱著如此誠摯的心思看人的那雙眼睛，曾幾何時變成了如此污濁的顏色？是因為不管等上多久，都沒有人肯愛我？明明我那樣拚命地努力被愛？

是你不好。錯不在我！

如果要致謝，對象就是你。

你總是讓我火大極了。就算從好大學畢業又如何？明明是指定校推薦進去的。住在高塔住宅又怎樣？只不過是住在潮臭味十足的芝浦，臭屁個什麼勁？我知道，你得意洋洋地穿在身上的那件名牌外套，是在網拍便宜買到的。

你是馬。

你彷彿在東京這裡自由馳騁，其實只是在鞭打之下，被迫在固定的跑道上競賽，是一隻可憐的馬。

我坐在特等席，目不轉睛地看著你跑得上氣不接下氣，看著你應該朝向幸福奔跑，卻日漸磨耗、日漸不幸。

寫著這些的這本書，擺在書店的架上，摻雜在無數的書本當中。你拿起這本書，在家中讀這本書，對朋友說出自以為是的批評。這些，我都在你的背後，靜靜地觀察著。

日本暢銷小說 105

# 從這房間永遠看不見東京鐵塔

作者｜麻布競馬場
譯者｜王華懋
封面設計｜鄭婷之
責任編輯｜丁寧

國際版權｜吳玲緯　楊靜
行銷｜闕志勳　吳宇軒　余一霞
業務｜李再星　陳美燕　李振東
總編輯｜巫維珍
編輯總監｜劉麗真
事業群總經理｜謝至平
發行人｜何飛鵬
出版｜麥田出版
地址：台北市南港區昆陽街18號4樓
電話：(02)2500-7696
傳真：(02)2500-1967
發行｜英屬蓋曼群島商家庭傳媒股份有限公司城邦分公司
地址：台北市南港區昆陽街18號4樓
網址：www.cite.com.tw
客服專線：(02)2500-7718｜2500-7719
24小時傳真專線：(02)-2500-1990｜2500-1991
服務時間：週一至週五09:30-12:00｜13:30-17:00
劃撥帳號：19863813 戶名：書虫股份有限公司
讀者服務信箱：service@readingclub.com.tw
香港發行所｜城邦（香港）出版集團有限公司
地址：香港九龍土瓜灣土瓜灣道86號
順聯工業大廈6樓A室
電話：+852-2508-6231
傳真：+852-2578-9337
馬新發行所｜城邦（馬新）出版集團
Cite (M) Sdn. Bhd. (458372U)
地址：41, Jalan Radin Anum, Bandar Baru Seri Petaling, 57000 Kuala Lumpur, Malaysia.
電話：+6(03) 9056 3833
傳真：+6(03) 9057 6622
讀者服務信箱：services@cite.my
麥田部落格 http://ryefield.pixnet.net

印刷｜前進彩藝有限公司
初版｜2024年6月
初版二刷｜2024年7月
售價｜340元

國家圖書館出版品預行編目資料

從這房間永遠看不見東京鐵塔／麻布競馬場著；王華懋譯. -- 初版. -- 臺北市：麥田出版：英屬蓋曼群島商家庭傳媒股份有限公司城邦分公司發行, 2024.06
面；　公分
譯自：この部屋から東京タワーは永遠に見えない
ISBN 978-626-310-655-0（平裝）

861.57　　113003194

KONOHEYAKARA TOKYO TOWER WA EIEN NI MIENAI by Azabu Racecourse
Copyright © 2022 by Azabu Racecourse
All rights reserved.
First published in Japan in 2022 by Shueisha Inc., Tokyo.
This Traditional Chinese edition published by arrangement with Shueisha Inc., Tokyo in care of Tuttle-Mori Agency, Inc., Tokyo through AMANN CO., LTD., Taipei
Traditional Chinese translation rights © 2024 by Rye Field Publications, a division of Cité Publishing Ltd.

城邦讀書花園
www.cite.com.tw

版權所有・翻印必究
ISBN 978-626-310-655-0
電子書ISBN 978-626-310-653-6（EPUB）
Printed in Taiwan.
本書若有缺頁、破損、裝訂錯誤，請寄回更換。